U0933131

天真的歌

余光中经典翻译诗集

余光中——编译

江苏凤凰文艺出版社
JIANGSU PHOENIX LITERATURE AND ART PUBLISHING, LTD

此书敬献给恩师梁实秋教授

A Coat

I made my song a coat
Covered with embroideries
Out of mythologies old
From heel to throat;
But the fools caught it,
Wore it in the world's eyes
As though they'd wrought it.
Song, let them take it,
For there's more enterprise
In walking naked.

W. B. Yeats

華衣

為吾歌织華衣，
刺図復绣花，
绣古之神话，
自领至裾；
但為愚者攫去，
且衣之以炫人，
若自力所織。
歌乎，且任之！
蓋更高之壮志
在赤身而行。

余光中译

目录

简体字版序言

父亲刚走的时候，有时因思念他而无法入睡，便起身读他的散文。其文章，尤其是早期的美文，音调铿锵，节奏起伏，我看得感动，便大声诵读。如此一番，觉得对他的文字有了更深入的认识。英美诗歌对父亲的影响甚深，父亲从高中时期开始接触英诗，据他自己说，无一日不读英诗。也因此，不只是诗，他的散文中也可发现英诗的痕迹，《望乡的牧神》便是一例：

> 那年的秋季特别长，像一段雏形的永恒。我几乎以为，站在四围的秋色里，那种圆溜溜的成熟感，会永远悬在那里，不坠下来。终于一切瓜一切果都过肥过重了。从腴沃中升起来的仍垂向腴沃。每到黄昏，太阳也垂落南瓜田里，红橙橙的，一只熟得不能再熟下去的，特大号的南瓜。

这段文字多少有英国浪漫诗人济慈的影子。济慈写过一首《秋之颂》(*To Autumn*)，父亲翻译如下：

> 多雾的季节，瓜盈果饱，
> 和成熟的太阳交情最深，

与他共谋该如何用葡萄
来加重并祝福茅檐的爬藤；
把屋边的果树用苹果压弯，
教所有的果子熟透内心，
把葫芦鼓胀，榛壳撑满，
用甜甜的果仁；更为蜂群
催晚开的花树越发越艳，
害群蜂以为永远会温暖，
因夏季把蜂巢已填得湿黏。

父亲之文和济慈之诗相类似之处不尽在于文字，而在于意象和气氛。济慈这首诗是以工整的颂体（ode）写成，每行10个音节并押韵，而父亲的翻译之所以能够亦步亦趋跟随其诗体，乃因从小受中国古典诗词之熏陶。一位好的译者，须至少通晓两种语言，故他虽是外文系的教授，却也大力提倡清通的中文，以及文言文的教育。他的创作和翻译是相辅相成，互相影响的。

父亲在2012年出版了《济慈名著译述》，接着又增订了《守夜人》，之后便全心投入《英美现代诗选》新版之编修，一方面增加了70多首诗，另一方面则修改了几首不甚满意之作。英美诗选首次出版是1968年，过了半世纪，他对于英美诗人的看法及喜好多少有些改变，译笔也更臻老练稳健了，增添补强是很自然的。

父亲早年受现代主义的影响颇深，常读叶慈[1]、艾略特、庞德等诗人。中年之后，他融合中国古典文学和西方文学，树立了自己的风格。虽然“摆脱”了叶慈，父亲对叶慈的喜爱不减，因此在新版中又增译了8首这位爱尔兰诗人的作品。另外，《华衣》（*A Coat*）这首乃旧诗修订，而且较为特别，因为是以文言文译成的。在谈到翻译这门艺术时，父亲不止一次用此诗举例，说明需要时翻译亦可用文言：“叶慈的短诗《华衣》……句法精简，韵律妥帖，我就忍不住要用古朴的文言来对应。”（《译无全功》）读者不妨中英对照来阅读。除了叶慈，另外也增译了好几位诗人的作品，分量最多的就是弗罗斯特的13首。

父亲从高中起就翻译英诗，在台湾大学的那两年，他也翻译了许多首英诗，毕业后持续不辍，从十六世纪到二十世纪的都有。这些诗后来以《英诗译注》为名出版，而后却绝版了，所以半世纪后的这册新版英美诗选，其中几首父亲在大学时代就已译成，即哈代的《冬晚的画眉》、叶慈的《湖上的茵岛》。

此外，除了新添与修订之外，父亲决定将旧版中的两位诗人“迁回原籍”：艾略特原为美籍，后移民并入籍英国；奥登则出生于英国，而后移居美国，成为美国公民。他们到底算是英籍还是美籍？旧版中父亲遵从他们归化的选择，而在新版中，则将他们迁回了出生地。

1 即叶芝。

另值得一提的是，父亲在1969年第三度赴美时，迷上了摇滚乐，大受其影响。记得第二年母亲带我们四姊妹前去丹佛与他会合，下了飞机没两天，时差都还没调过来，父亲就领着我们去戏院连看了四出披头的电影，共6小时。直到晚年他都是披头的“铁粉”，不但喜爱他们的音乐，也欣赏其歌词，所以原本计划在这本选集中纳入披头歌词5首，可惜因翻译授权不易取得而作罢。

译介英美现代诗给读者，是父亲热爱的工作，英美诗选初版问世之后，他并不以此为足，希望还能多译一两百首。此新版共增加了76首，若加上计划中的披头5首，共近一百首，可说是完成了这个心愿。父亲爱写诗爱翻译，也爱教诗教翻译，1999年退休后，仍于中山大学外文研究所兼课，每学期轮流开设“十七世纪英诗”“浪漫时期英诗”以及“翻译”这三门课，如此直至85岁因摔伤而不得不停止。我曾问他：“不觉得累或厌烦吗？”他颇为不解地回答：“做自己喜欢的事，怎么会厌烦呢？”他的生活已经完全和文学相融合，密不可分。尝有人问我，父亲有何信仰？我总答说他的信仰就是文学，在文学中，真善美他皆已寻着。

犹记去年7月父亲收到新版的诗选，坐在沙发上展书阅读，开心地说：“很高兴。”相信他收到了简体字版，也会是那么高兴。多么希望这篇序是他亲自来写，而非由我代笔。

余幼珊

新版序

《英美现代诗选》出版问世，早在一九六八年，已经是半世纪之前了。现在扩版重新印行，收入的新作有七十九首之多，但当年的《译者序》长逾万言在新版中仍予保留，作为纪念。新版的译诗到了末期，我因跌跤重伤住院，在高医接受诊治半个月（七月十六日迄八月一日），出院后回家静养，不堪久坐用脑之重负，在遇见格律诗之韵尾有abab组合时，只能照顾到其bb之呼应，而置aa于不顾，亦无可奈何。

所幸我有一位得力的助手：我的次女幼珊。她是中山大学外文系的教授，乃我同行，且有曼彻斯特大学的博士学位，专攻华兹华斯。《英美现代诗选》新版的资料搜集与编辑，得她的协助不少。在此我要郑重地向她致谢。

——二〇一六年九月

译者序

二十世纪的第二个十年(decade)，或间接或直接受了一次大战的影响，人类对于自己的环境，有了新的认识，对于生命的意义，也有了新的诠释。在这样的背景下，美感经验的表现方式，也起了异常重大的变化。在西方，一些划时代的作品，例如斯特拉文斯基的《春之祭》，毕加索和布拉克的立体主义绘画，艾略特的《普鲁弗洛克的恋歌》等发表于这个时期。在中国，紧接在一次大战之后，五四的新文学运动也蓬蓬勃勃地展开。从那个时期肇始的现代文学和艺术，到现在，无论在西方或东方，都已经有半个世纪的历史了。

以英美现代诗而言，第一次大战也是一条重要的分水岭。一次大战之前的二十年(约自一八九〇至一九一〇)，我们可以武断地说，几乎没有什么重要的诗作出版。到了一八九〇年左右，英国的丁尼生、勃朗宁、阿诺德、罗赛蒂、霍普金斯，美国的爱默生、惠特曼、狄金森等，或已死去，或将死去，或已臻于创作的末期而无以为继了。在漫长的二十年间，只有哈代、豪斯曼、叶芝、罗宾逊(E.A.Robinson，1869—1935)等寥寥几位诗人，能继续创作，维持诗运于不堕。其中最重要的作者叶芝，虽然成名很早，但他较为重要的一些作品，像《为吾女祈祷》《再度降临》《航向拜占庭》等，都完成于一次大战之后。狄金森的一千七百七十五首诗，陆陆续续出版，一直要到一九五五年，才全部出齐。霍普金斯的诗，一直要等到一次大战的末年（一九一八），才开始与世人见面。

事实上，英国的所谓现代诗，大半是由美国人促成而且领导的，一九〇八年，一个美国的小伙子闯进了伦敦的文学界，以他的诗才、博学、语言的知识和坚强的个性，激发了同侪与先辈的现代敏感和革新文字的觉醒。叶芝终于能从前拉斐尔主义的梦幻与爱尔兰神话的迷雾中醒来，一半是庞德淬砺之功。庞德在伦敦一住住了十二年，俨然成为美国前卫文艺派驻欧洲的代表，即称他为现代主义的大师兄，也不为过。一九一五年，他最得力的后援抵达伦敦，那便是艾略特。这位师弟后来不但取代了师兄的地位，甚至成为英美现代主义的大师。晚年的艾略特一直定居在伦敦，他的批评左右一代的诗风甚至文风。冥冥中，历史似乎有意如此安排：在美国国内一直郁郁不伸的三十八岁的弗罗斯特，也于一九一二年迁来英国。他最重要的诗集《波士顿以北》一九一四年在英国出版，使他在英国成名。在同一年，一位出身新英格兰望族的波士顿女士，也漂海东来，她的名字叫艾米·洛威尔。不久她就成为英美诗坛上所谓意象主义（Imagism）的领袖。

但是美国的天才并没有完全“外流”到欧洲去。一九一二年，门罗女士（Harriet Monroe）主编的《诗》月刊在芝加哥创刊，中西部几支杰出的笔立刻向它集中。桑德堡、林赛、马斯特斯，是早期的《诗》月刊上最引人注意的三个名字：三位诗人都是在伊利诺伊州长大的中西部青年，都崇拜林肯，师承惠特曼，都植根于密西西比河流域的土壤，且拥抱农业美国广大人民的现实生活。这种风格，在小说方面，早有马克·吐温遥遥先导；同辈之中，更有德莱塞、安德森、刘易斯等和他们并驾齐驱。如果我们杜撰名词，把旅英的艾略特、庞德、艾肯和诗风趋附他们的作者（例如一度旅法的麦克里希）称为“国际派”，则桑德堡一群作者，我们不妨称为“民族派”。这样的区分，每每失之武断，当然不足为训。可是这两群诗人间的相异，并不全是地理上的；前者的贵族气质，后者的平民作风，前者的驱遣典籍俯仰古今，后者的寓抒情于写实的精神，前者的并列数种文字和兼吞异国文学，后者的乐于做一个美国公民说一口美国腔的英语，在在都形成鲜明的对照。

芝加哥成为美国中部文学的中心，但是它毕竟不能取代纽约。当国际派在欧洲渐渐兴起，与英国的休姆（T. E. Hulme），爱尔兰的乔伊斯，甚至前辈叶芝分庭抗礼的时候，在美国东部，以纽约为中心的一群青年诗人也相继出现了。威廉姆斯、玛丽安·摩尔、史蒂文斯、卡明斯、哈特·克瑞恩、米莱等等，都是经历时间的淘汰而迄今仍屹立的名字。他们之间的差异，正如一切富于独创性的诗人之间的差异一样，是非常巨大的，例如，同为女诗人，玛丽安·摩尔的冷静、犀利、精细和米莱的狂放、炽烈，可以说形成尖锐对比。但是和“国际派”比较之下，这些纽约的诗人似乎又异中有同：消极地说，他们皆不热衷于历史与文化，也无意以学问入诗，总之，他们雅不欲使美国诗攀附欧洲的骥尾；积极地说，他们都尝试将美国现代口语运用到自己的作品里去，且将它锻炼成鲜活而富弹性的新节奏。主张美国化最力的威廉姆斯是如此，即深受法国文学影响的史蒂文斯，也是如此。

相对于中西部和新英格兰的作者，也就是说，相对于北方的诗坛，美国南方也出现了一群现代诗人，那就是所谓的“亡命者”。兰塞姆是这些南方诗人的导师，他在范德比尔特大学的两个学生，泰特与沃伦，是这一派的中坚分子。这一派的诗风虽饶有南方的地域性，在历史的渊源和社会背景上，却倾向农业与贵族的英国。在文学思想上，他们接受英国传来的所谓“新批评”，弃历史的诠释而取结构的分析；在传统的师承上，他们接受艾略特的启示，反英国的浪漫主义而取法十七世纪的玄学派，也就是说，舍抒情而从主知；在创作手法上，他们大半凭借玄学派所擅长的“机心”与“反喻”。

超然于这些宗派与运动之外，尚有像弗罗斯特和杰弗斯那样独来独往的人物。杰弗斯一度成为批评家溢美之词的对象，弗罗斯特一度是朝野器重而批评界漠视的名家。现在两人都已作古，尘土落定，时间说明，前者毕竟只是现代诗的一道偏锋，后者才是完成的大器。至少有一点是两人相同的：他们生前既不属于嫡系的现代主义，现代主义所特有的晦涩，也就不曾侵蚀到他们的作品，杰弗斯明快遒劲的叙事诗，弗罗斯特亲切自如的对话口吻，都是值得称道的。实际上，像卡明斯、史蒂文斯一类的诗人，也都是飘然不群的个人主义者。将他们纳入纽约的一群，只是为了地理区分的方便罢了。

在英国，在艾略特、庞德、叶芝（没有一个是英国人）形成的“三雄鼎立”出现之前，诗的生命可以说一直在衰退之中。维多利亚时代的诗，大致上只能说是兑了水的浪漫主义，技巧虽然愈益精进，但那种充沛而亢奋的精神却愈来愈柔驯了。拿丁尼生和华兹华斯相比，我们立刻发现，前者在音律的多姿多彩上，固然凌驾后者，但在气象的宏伟和浑成自如的新鲜感上，前者就不免逊色了。所以从一八二〇年到一九二〇年的一百年间，虽有勃朗宁、哈代、霍普金斯等作逆流而泳的努力，英国诗的境界日隘，感觉日薄，语言也日趋僵化，终于沦为九十年代（the nineties）的颓废和本世纪初所谓的“乔治朝诗人”（Georgian poets）的充田园风。现代英诗名家辈出，但是像德·拉·梅尔、曼斯菲尔德、西特韦尔等等名家，卓然自立则有余，涵煦一代则不足：德·拉·梅尔与生活的距离太远，曼斯菲尔德与生活的距离太近，西特韦尔过分偏重音律的技巧，总而言之，他们对于当代现实的处理，不足以代表广大知识分子的“心象”（vision），因此他们的地位不足以言“居中”（central）。

一次大战的惨痛经验，激发了一群所谓“战争诗人”的敏感。这原是素来与欧陆隔离的岛国，在文学创造上的一个转机。不幸一些甚富潜力的青年诗人竟在大战中捐躯了。论者常常叹息，说如果欧文和爱德华·托马斯当时不即夭亡，则艾略特的国际派也许不致管领一代风雅至于垄断，而现代英国诗发展的方向也容或不同。

是以，艾略特成了现代英美诗“正宗”（orthodoxy）的领袖。于一九二五年到一九五五年的三十年间，他的权威是无可伦比的。弗罗斯特、桑德堡、卡明斯，可能更受一般读者的欢迎，但是批评界的推崇和学府的承认，使艾略特在核心的知识分子之间成为一个代表人物。艾略特的领导地位是双重的：他的影响力既是创作上的，也是批评上的。一个作家，如果同时又是一位批评大师，往往会成为他那时代的文学权威。德莱顿如此，蒲柏、约翰逊博士、阿诺德、艾略特也是如此。艾略特的诗创作到一九四四年就结束了，但他的批评文字一直维持到晚年。二十世纪前半期的文学思潮，消极地说，是反浪漫，积极地说，是主知。艾略特的批评，正当这种文学思潮的主流。传统的延续，历史的透视，古典的整体感，文化的价值观念等等，艾略特对这些的重视与倡导，对于晚一辈的诗人，尤其是三十年代崛起于英国诗坛的奥登，影响至为深远。

三十年代的英美诗坛，正如当时世界各地的文坛一样，左倾的社会思想盛行一时。在英国，牛津出身的“诗坛四杰”，奥登、斯彭德、戴-刘易斯、麦克尼斯，和里兹大学出身的诗人兼批评家里德等，无论在创作的主题和批评的观点上，都深受马克思思想的影响。其中斯彭德和戴-刘易斯更曾经参加过〔英国〕共产党。未几斯彭德从西班牙的内战回来，变成西方“反共”最力的作家之一；戴-刘易斯在二次大战时甚至进入政府的新闻部工作，今年更继曼斯菲尔德之后，接受了桂冠诗人的任命。在当时，这些青年诗人和艾略特之间的关系是很有趣的：他们学习艾略特的新技巧，但是排斥艾略特的社会思想。在美国，普罗文学在诗中的表现不如在散文中强烈。《新群众》（*Thc New Masses*）杂志上发表了无数的诗，歌颂马克思和共产党，并暴露美国社会的种种病态，但现在回顾起来，只有费林（Kenneth Fearing）的讽刺诗略具艺术价值，其他的劣作都已随时间而湮没了。

正当三十年代普罗文学盛行的时候，欧美的文艺界又兴起了所谓“超现实主义”。超现实主义原来是从达达主义的纯粹虚无中蜕化来的。不同的是：达达主义只是一团混乱，而超现实主义要有系统地制造混乱。超现实主义创立于一九二四年，当时的西欧正值一次大战之余，西方文化正处于空虚迷茫的状态；超现实主义者遂振振有词地说：文艺反映时代，混乱的时代便产生混乱的文艺，分裂的社会便产生分裂的感受。这一派的作者要解放无意识，同时要驱逐理性，排斥道德上和美学上的一切标准，最终的目的是要创造未经理性组织的所谓“自动文字”。超现实主义在本质上是虚无的，它坚持一切价值的崩溃。共产主义在取得统治权之前，也预期一切（至少是布尔乔亚的）价值的崩溃。这一个共同的信念，也真奇怪，竟使超现实主义一度与共产主义合流。萨特在《一九四七年作家的处境》一文中指出：早期的超现实主义曾宣称自己是具有革命性的，并声援共产主义。但是这种联盟是注定了要分解的，因为法国的共产党虽愿利用超现实主义，但超现实主义充其量只能搅乱布尔乔亚的价值观，却无法赢得一个无产阶级的读者。萨特在同一文中又说：“超现实主义者并不关心什么无产阶级专政，所谓‘革命’在他们看来，只是纯粹的暴力，绝对的目的。此一事实，蕴藏了（超现实主义与共产主义之间的）误会的最深根源。”

到了四十年代，超现实主义亦曾风行于英美的诗坛，但是在英美，它没有什么政治上的意义，对诗人们的影响毋宁是创作技巧的启发。在英国，这种新浪漫主义的倾向，在文字上表现为“填满（诗行）

以爆炸性的狂放的母音”。这种倾向，一方面是对法国超现实主义的响应，另一方面也是对艾略特的主知主义的反动。艾略特的本质是古典的，他认为诗中应该“无我”；迪伦·托马斯的本质是浪漫的，他的诗中洋溢着“我”。遇到该说“我”的时候，艾略特宁可自遁于“我们”；在早期的作品如《普鲁弗洛克的恋歌》中，“我”常是模棱而嗫嚅的，到了晚期的《四个四重奏》时，第一人称几乎只有复数形式的“我们”了。除了迪伦·托马斯的部分作品可以传后以外，自称为“新启示派”(The New Apocalyptics)的青年作者们，也已随时间逝去了。

与迪伦·托马斯同受超现实主义影响而声名略逊的巴克(George Barker)，近年来地位日渐重要。另一位新浪漫主义的作者缪尔，风格比较沉潜，但对于神秘感的探索仍与超现实主义遥相呼应。近年来，颇有些批评家认为缪尔和巴克已可当大诗人之称而无愧，但这种崇高的地位似乎尚未臻于公认。另一位重要诗人，在艾略特雄视文坛的时代一直郁郁不伸且有意在现代诗主流之外另立门户的，是格雷夫斯(Robert Graves)。他的成就已渐渐引起批评界的重视，但他做大诗人的地位仍然见仁见智。论者指出，格雷夫斯恒将他潜在的力量局限在狭小的形式之中，因而未能像叶芝、艾略特、弗罗斯特、史蒂文斯那样，集中力量，作一次持续而强烈的表现。

从文学史的发展过程，我们得知“每一次革命都是针对上一次革命而发”。一个时代的文学思潮，很奇怪，与其说积极地要建树什么，不如说是消极地避免或反对什么。例如新浪漫主义的兴起，可以视为对十八世纪理性主义的反动，而艾略特等的现代主义，又是对浪漫主义的反动。在英国，由于文化的条件比美国集中，文学上所谓的运动比较方便，且容易造成一股力量。牛津和剑桥仍然是青年诗人荟萃之地，伦敦的出版商、英国广播公司、《旁观报》等等，则是崛起的新人争取的对象。五十年代中英国兴起了一群年轻诗人，将自己的运动直截了当地称为“运动”(The Movement)。他们的诗选集《新路线》(*New Lines*)出版于一九五六年，一共刊出九位作者的诗。这些新人皆出身于牛津或剑桥，其中有几位颇受艾略特大弟子安普森的主知诗风影响，但他们的结合，毋宁是由于对一般的前辈同具反感。他们不但反对四十年代“新启示派”的晦涩和混乱，也反对迪伦·托马斯的梦幻世界，甚至也不满意叶芝、艾略特、庞德、奥登等前辈。他们或公开或含蓄地表示，英国诗的血缘，在一个爱尔兰人和两个美国佬的旗下，竟然被法国的象征派玷污了。年轻的这一代认为，诗必须诉诸一般明智的读者，而不得太奇僻，太陷于个人的生活，太耽于奥秘的象征。在形式方面，他们力主严谨，甚至偏好三行联锁体(terza rima)和六行回旋体(sestina)。“运动”派九人之中，以艾米斯(Kingsley Amis)、拉金(Philip Larkin)、戴维(Donald Davie)、汤姆·冈恩(Thom Gunn)、韦恩(John Wain)五位最引人注目，年龄也相仿，最年长的不超过四十六岁，最年轻的才三十九岁。艾米斯在《五十年代的诗人》(*Poets of the 1950s*)中宣称：“谁也不会再要诗去歌咏哲人、绘画、小说家、画廊、神话、异国的城市，或者别的诗了。至少我希望没有人要这类诗。”拉金在同一本书中也说：“对于‘传统’或者公用的玩具或者在诗中兴之所至影射别的诗或诗人什么的，我一概不加信任。”这种态度，对于效颦艾略特的伪古典派和模仿迪伦·托马斯的伪浪漫派，不无廓清之功。但是矫枉常会过正，“运动”派在逃避前辈的缺点之余，每每连前辈的美德亦一并扬弃。他们有意脱离欧洲文学的大传统以自立，但他们的作品，往往变得太实事求是，太常识化，太平淡无奇，太陷于英国的一切了。“运动”派有意挽好高骛远之颓风，而径自低眼界，不免贬抑了诗的功能。拉金甚至公然表示他如何讨厌莫扎特，而且患有“淡淡的仇外症”。对他而言，诗的功能只是“使孩子不看电视，老头子不上酒店”（Keep the child from its television set and the old man from his pub.）。

紧接在“运动”派之后，英国又出现一群新人，自命“游侠”派（The Mavericks）。这一派为数也是九人。在一九五七年出版的选集《游侠》的序言中，他们斥“运动”派的作风为违背诗之本质，并倡导自然之流露与浪漫之精神。但不久这些诗派的争吵也就渐渐冷了下去，真正独创的作者仍然各按自己的个性去发展，不甘受宣言或信条之类的束缚。一九六三年，“运动”派的作者康奎斯特（Robert Conquest）又编印了《新路线第二号》，其中作者阵容颇有改变，例如原属“游侠”派的斯坎内尔（Vernon Scannell）被收了进去，而原属“运动”派的霍洛韦（John Holloway）却被除名了。

当代美国的诗坛，情形与英国颇不相同。第一，以叶芝、艾略特、庞德为核心的国际派，亦即现代主义之正宗，其影响力虽已逐渐消逝，但在美国的余威反而比在它的发源地英国更为显著。在英国，国际派的传人仍不绝如缕，出身剑桥而现在布里斯托大学任教的汤姆林

森 (Charles Tomlinson) 就是一个例子。可是"运动"派既兴之后，当代英诗的方向，已经与国际派那种注重文化专事象征的路子背道而驰了。在美国，国际派的传统诗观虽然不无修正，调子也不像旧日那么高昂，却仍然是一个活的传统，旗下几乎囊括了学府中的重要作者。所谓"学院"派 (The Academics) 与"野人们" (The Wild Men) 的对立，往往是很粗略甚至武断的二分法，可是对于谈论美国诗的现状，也不失为一种方便。数以千计的美国大学和学院，已经取代了古代的贵族阶级和工业革命以来的中产阶级，而成为文艺的一大主顾和赞助者。形形色色的创作奖金和研究津贴，讲授诗创作与诗批评的教席，学院的刊物和出版社，演说及朗诵的优厚酬金，以及学府的自由气氛等等，都是促使诗人集中在学府的条件。既享盛名的诗人，更有不少大学延揽为所谓"驻校诗人" (poet in residence)。美国大学对于现代文艺多持开明甚至倡导的态度。英文系的课程之中，现代诗占了相当重要的比例，诠释的方式也大半采用艾略特、李维斯、理查兹、兰塞姆等的"分析的批评"。英国的大学，则除剑桥以外，对于现代诗一向任其自生自灭，不愿纳入课程中。

美国的学院派诗人之中，除了已故的罗特克 (Theodore Roethke)，原籍英国而归化美国的奥登，现在达特茅斯学院任教的艾伯哈特等属于六十岁的一代外，其余的多在壮年。夏皮罗 (Karl Shapiro)、罗伯特·洛威尔 (Robert Lowell)、威尔伯三人可以视为壮年一代的代表。夏皮罗是二次大战期间成名的军中诗人，早年诗风追摹奥登，后来渐渐强调自己的犹太族意识，转而攻击反犹的国际派，并歌颂民族派的惠特曼和威廉姆斯。洛威尔出身于新英格兰的书香世家，是十九世纪作家詹姆斯·拉塞尔·洛威尔的后裔，女诗人艾米·洛威尔的远房堂弟。他的作品在在流露一个清教徒的良心对于罪恶的敏感和自拯的愿望；在形式上，他力矫所谓“自由诗”的流弊，致力于严谨而紧密的表现方式，使内容与形式之间产生一股张力。洛威尔毕业于哈佛和凯尼恩学院，是兰塞姆的及门高足，近年来，他已经被批评界公认为奥登以降最重要的诗人。威尔伯缺乏洛威尔的道德感和热情，而以匠心与精巧见长，也是学院派一个杰出的代表。

其次，美国当代诗坛和英国不同的是：前者已经形成了与学院派多少相对的一个在野党，即所谓野人们。前文所谓的“民族派”作者，例如威廉姆斯，在“国际派”当权的时期，一直只能在所谓小杂志上发表作品。威廉姆斯一生奋斗的目的，是要将诗从象征和观念中解放出来，来处理未经文化意义熏染过的现实生活，要唤醒诗人真正睁开眼来看周围的自然，并真正竖起耳朵听日常语言的节奏。对他而言，艾略特的引外文入诗而大掉书袋，庞德的借古人之口说自己的话，叶芝的修辞体和神话面具，都是现代诗美国化运动的阻碍。一句话，威廉姆斯认为诗应该处理经验，而不是意念。他的奋斗，一直要到五十年代才赢得广泛的注意。野人们兴起于五十年代的时候，一方面直接乞援于威廉姆斯和桀骜不驯吐词俚俗那一面的庞德，一方面遥遥响应惠特曼到桑德堡的民族传统，另一方面又向往东方的禅，中国和日本的诗。野人们散布美国各地，而以北卡罗来纳州的黑山学院、纽约和旧金山三处为活动的中心。五十年代初期，奥尔森（Charles Olson）、邓肯（Robert Duncan）、克里利（Robert Creeley）等在黑山学院任教。他们主办的《黑山评论》刊登该校师生和校外作者的诗，一时成为野人们的大本营。

纽约的一群以阿什伯里（John Ashbery）和弗兰克·奥哈拉（Frank O' Hara）为主，作风近于现代法国诗，也甚受绘画中抽象的表现主义的影响。旧金山的一群声势最为浩大，呼啸也最为高亢。这群作者自称"神圣的蛮族"（The Holy Barbarians）或"垮掉的一代"（Beatniks）。无视道德价值、性的放任、大麻剂和LSD等麻醉品的服用，浪游无度，歌哭无常，加上对于超现实主义、享乐主义、爵士乐、禅等等的喜爱，构成了他们的生活形态。在作品中，他们所表现的大半是私人的强烈好恶和对于社会的敌意，不太注重锻炼形式。他们的语言虽以口语为基础，却往往流于片段的呼喊。金斯堡（Allen Ginsberg）、凯鲁亚克（Jack Kerouac）、费林盖蒂（Lawrence Ferlinghetti）是这一群的领导人物。金斯堡近年来已成为野人们最有名的代表作家，他的诗集《嚎叫》（*Howl*）已经成为文化浪子必读的名著了。凯鲁亚克虽是"垮掉的一代"的核心人物，他的作品却以散文为主。费林盖蒂在大学生中拥有广大的读者，他的选集《心灵的科尼岛》（*Coney Island of the Mind*）到一九六六年为止已达十六万册的销量。近年来，费林盖蒂似已与正统的"垮掉的一代"分道扬镳，主张诗人不能逍遥于社会与责任之外，而诗必须能朗朗上口，诉于听觉。野人们对学院派的敌意是显然的；矛盾的是，最后接受他们的诗的，仍是大学生。两年前，金斯堡在堪萨斯大学极为成功的访问和朗诵，便是最雄辩的例子。

半世纪来，英美的现代诗历经变化，目前似乎已经完成了一个发展的周期。以叶芝、艾略特、庞德、奥登为核心的现代主义，是二十世纪前半期发展的主流。大致上说来，这个时期的思潮是反浪漫的、主知的、古典的；在创作的风格上，是讽刺的、反喻的、机智的、歧义的，或者象征的。典型的现代诗人，在心理状态上，是与社会隔绝的：他看不起孳孳为利的中产阶级，更无法赢得劳动大众的了解。在一个分工日繁而大众传播日渐垄断国民心灵生活的工业社会之中，诗人的声音既不具科学家的权威性，又不如电影、电视、广播、报纸那样具有普遍性；既然大众不肯听他，他索性向内走，在诗中经营个人的心灵世界。在三十年代，诗人们或崇拜马克思的缪斯，或乞援于弗洛伊德的缪斯。普罗文学消沉之后，他们多半舍马克思而趋弗洛伊德，于是超现实主义盛行一时，而现代诗晦涩之病益深。奥登是一个极为有趣的例子。在三十年代，他对马克思和弗洛伊德同感兴趣，曾思在诗中兼有二者，将社会意识和心理分析熔为一炉，但近年来他又步艾略特之后尘，皈依宗教的信仰了。

造成现代诗晦涩的一大原因，正是这种信仰的纷歧甚至虚无。自从十九世纪工业社会取代农业社会，基督教的信仰因进化论与新兴的科学思想而动摇以来，诗人与社会，诗人与诗人之间，遂缺乏共同的价值观念而难以互相了解。每一位作家必须自己去寻找一种信仰，以维系自己的世界。于是叶芝要建立私人的神话系统，庞德要遁于东方和中世纪，艾略特要乞援于天主教和但丁，迪伦·托马斯要利用威尔士的民俗，奥登变成了西方文化的晴雨计，凡二十世纪流行过的思想，无不反映在他的诗中。要沟通这些相异的价值观，对于一个普通的读者，也实在是太困难了。可是，无论在现代的社会信仰多么困难而混乱，无论曾经有多少次的运动宣称传统已经崩溃而一切信仰皆不可靠，没有一位诗人，至少没有一位大诗人，是能够安于混乱而选择虚无的。无论选择的过程多么痛苦，一位诗人必须拥抱他认为最可靠的信仰，对它负责，甚至为它奋斗。庞德、威廉姆斯、史蒂文斯、弗罗斯特、玛丽安·摩尔、卡明斯、洛威尔，以迄费林盖蒂，哪一位严肃的诗人能够逃避这种选择呢？艾略特以《荒原》的虚无始，但以《四个四重奏》的肯定终。费林盖蒂在一九五九年毫不含糊地指责"垮掉的一代"不肯负责的自私态度。他说："垮掉的一代"一面自命私淑存在主义，一面又对社会采取"不介入"（disengagement）的态度，是矛盾而虚伪的，因为"萨特是在乎的，他一直大声疾呼，说作家尤其应该有所执着。'介入'便是他爱说的脏话之一。对于什么'不介入'和'垮掉世代的艺术'，他只会仰天长笑。我也一样。而那位现代诗'可恶的雪人'，金斯堡，也可能表示同样的意见。只有死人才是一无牵挂的。"

现代诗晦涩的倾向，到了五十年代，终告结束，而为明朗的风格所取代。无论是英国的"运动"派，或是美国的"野人们"，作品都远较艾略特或迪伦·托马斯明朗易解。只有美国的学院派作者仍多少维持现代主义正宗那种奥秘的诗风。无论奥秘或者明朗，都可能做得过分，而使奥秘成为故弄玄虚，明朗成为不耐咀嚼。学院派的诗，在内容上，过分引经据典，铺张神话，在形式上，过分炫弄技巧，结果固然令读者窥豹扪象，不得要旨；"运动"派和"野人们"的诗也往往失之于露，话说到唇边，意也止于齿间，平白无味。罗伯特·洛威尔曾分诗为"烂"和"生"两种：过烂和过生，恐怕都不便咀嚼吧。

至于形式的变迁，似乎也已经到了一个周期的终点。五十年前，意象派所倡导的自由，对于浪漫派以后的那种“诗的用语”，那种游离含混的意向，机械化的节奏和笼统的概念，不无廓清之功。自由诗在诗的发展上所起的作用，略似立体主义之于现代绘画。可是任何运动都必有滥竽充数之徒。自由诗的作者往往误会没有限制便是自由。实际上，绝对的自由是消极而且不着边际的：在摆脱前人的格律之后，新诗人必须积极地创造便于自己表达的新形式，而创造可用的新形式无疑是远比利用旧格律为困难的。许多自由诗的作者幻想自由诗比较好写，结果他们面临的不是自由，是散漫。其实从惠特曼起，英美诗人之中，写自由体而有成就的，除桑德堡、杰弗斯、劳伦斯、威廉姆斯、马斯特斯、史蒂芬·克瑞因等之外，也就所余无几了。其他的重要作者，或一意利用传统的格律，如叶芝、罗宾逊、弗罗斯特、兰塞姆、泰特、罗伯特·洛威尔；或在传统格律的背景上作合于自己需要的变化，如迪伦·托马斯、卡明斯、史蒂文斯、玛丽安·摩尔、麦克里希、艾伯哈特。奥登写过一些好的自由诗，也写过许多“新”的活泼的格律诗，只是所谓格律者，他多加以自由运用罢了。庞德也是如此。有时候，一位诗人将前一时代用滥了、写油了的格律扬弃，而向更前一时代甚至古代的格律中去发掘“新形式”，也会有所收获的。例如奥登和庞德就曾利用中世纪的回旋六行体，而写出颇为出色的现代诗来。艾略特写过很自然隽永的自由诗，例如《三智士朝圣行》，也写过很严谨的格律诗，例如《不朽的低语》；不过在较长的诗中他爱将自由体和格律配合使用，例如《四个四重奏》便是如此。

我国的部分现代诗人，往往幻想所谓自由诗已经成为西洋现代诗的主要表现工具，而所谓格律诗已经是明日黄花了。这是不读原文之病。以西洋诗中最典型的古老格律十四行为例，许多现代诗人，包括叶芝、罗宾逊、弗罗斯特、米莱、韦利夫人、卡明斯、迪伦·托马斯、巴克等，都是此体的高手。叶芝的十四行《丽达与天鹅》，弗罗斯特的十四行《丝帐篷》，和巴克同一诗体的《献给母亲》，更是英美现代诗中屡选不遗的杰作。五四以来，我国对于西洋现代诗的译述，水准不齐，瑕瑜互见，瑕多于瑜，自是意料中事。翻译原已是一种莫可奈何的代用品，谬误和恶劣的翻译更是误人。中国现代诗在形式上的散漫与混乱，不称职的翻译是原因之一。其实格律之为物，全视作者如何运用而定；技巧不纯的作者当然感到束手束脚，真正的行家驾驭有方，反而感到一种驯野马为良驹的快意。英美诗坛大多数的新人，像艾米斯、拉金、韦恩、威尔伯、夏皮罗、史纳德格拉斯、塞克斯顿夫人等等，都自自然然地在写某种程度的格律诗。

这部《英美现代诗选》的译介工作，主要是近七年来陆续完成的。其中在美讲学的两年——六四年九月迄六六年七月——，很矛盾，反而一首诗也不曾翻译，一位诗人也不曾介绍。书中狄金森的几首诗，则远在五六年初即已译出，并在“中央副刊”发表。算起来，前后已经有十二年的工夫了。唯近一年多来，在这本书上耗费的精力，几乎超过以往的十年，因为书中七万字以上的评传和注释，与四十四首诗的翻译，都是六六年夏天回台以后才完成的。

这本书中所选，是英美二十一位现代诗人的九十九篇作品；每位诗人必有评传一篇，较难欣赏或用典繁多的诗必有一段附注，是以除诗之外，尚不时涉及文学史与文学批评。严格地说来，这只是一部诗集，不是一部诗选。诗而言选，则必须具有代表性，而《现代英美诗选》，以入选的诗人而言，尚不足以代表英美现代诗多方面的成就，以入选诸家所选作品而言，也不足以代表该作者的繁富风格。像英国的霍普金斯、哈代、豪斯曼、欧文、戴-刘易斯、麦克尼斯、格雷夫斯、巴克，美国的桑德堡、威廉姆斯、玛丽安·摩尔、麦克里希、哈特·克瑞恩、罗特克、罗伯特·洛威尔等重要作者，都未被纳入，实在是一个缺陷。至于五十岁以下的少壮作者，除威尔伯等少数几位外，更多在遗珠之列。造成这些缺陷的原因很多。例如，第一，本书篇幅有限，要以四百页以下的篇幅容纳二十世纪波澜壮阔派别繁富的英美诗，原是不可能的。第二，某些诗人，我虽已译介过，但一部分已收入香港今日世界社出版的《美国诗选》，另一部分则已收入文星书店出版的《英诗译注》，不便再纳入本书。

至于入选诗人，其作品数量与成就之间，也不成比例。叶芝和杰弗斯差强人意，但其他诗人，例如艾略特、弗罗斯特、奥登等，就不具代表性了。要了解艾略特，即使不读他的力作《荒原》或《四个四重奏》，至少也得读一读《普鲁弗洛克的恋歌》，书中所译四首，充其量只能略为提示他早期和中期的某一面风格罢了。下面我只能举出两个理由，聊以解嘲。第一，我个人的时间、精力、学养有限，一首"难缠"的诗往往非三数日之功不能解决。第二，诗的难译，非身历其境者不知其苦，非真正行家不知其难。现代诗原以晦涩见称，译之尤难。真正了解英文诗的人都知道，有的诗天造地设，宜于翻译，有的诗难译，有的诗简直不可能译。普通的情形是：抽象名词难译（A thing of beauty 和 A beautiful thing 是不完全一样的；中文宜于表达后者，但拙于表达前者)；过去式难译 (To the glory that was Greece/And the grandeur that was Rome)；关系子句难译；关乎音律方面的文字特色，例如头韵、谐元音、谐子音、阴韵、阳韵、邻韵等，则根本无能为力。迪伦·托马斯的诗，表面看来似乎非常平易，分析起来，处处都是音律的呼应，几乎没有几行是可以中译的。这也是为什么我只译了他两首诗的原因。即使在我明知其不可译而译之的心情下译过来的两首之中，也仍有不少纯属文字特性的地方，令译者搁笔长叹。例如《而死亡亦不得独霸四方》中的一行：

With the man in the wind and the west moon

看来简简单单，下笔就可译成。其实仔细吟诵之余，才发现west moon的声音里原来隐隐约约地含有with the man的回声。粗心的译者根本不会发现这些。粗心的读者往往就根据这样粗心的译文去揣摩英美诗，而在想象之中，以为“迪伦·托马斯也是不讲究什么韵律的!”我国当代诗人受西洋现代诗的影响至深。理论上说来，一个诗人是可以从译文去学习外国诗的，但是通常的情形是，他所学到的往往是主题和意象，而不是节奏和韵律，因为后者与原文语言的关系更为密切，简直是不可翻译。举个例子，李清照词中“只恐双溪舴艋舟，载不动，许多愁”的意象，译成英文并不太难，但是像“寻寻觅觅，冷冷清清，凄凄惨惨戚戚”一类的音调，即使勉强译成英文，也必然大打折扣了。因此以意象取胜的诗，像斯蒂芬·克莱恩的作品，在译文中并不比在原文中逊色太多，但是以音调、语气或句法取胜的诗，像弗罗斯特的作品，在译文中就面目全非了。也就是因为这样，我国有不少诗人迄仍认为弗罗斯特的诗“没有道理”。

翻译久有意译直译之说。对于一位有经验的译者而言，这种区别是没有意义的。一首诗，无论多么奥秘，也不能自绝于“意义”。“达”(intelligibility)仍然是翻译的重大目标；意译自有其存在的理由。然而文学作品不能遗形式而求抽象的内容，此点诗较散文为尤然。因此所谓直译，在照应原文形式的情形下，也就成为必须。在可能的情形下，我曾努力保持原文的形式：诸如韵脚、句法、顿(caesura)的位置，语言俚雅的程度等等，皆尽量比照原文。这本《英美现代诗选》，可以让不谙英文的读者从而接触英美的现代诗，并约略认识某些作品，也可以供能阅原文的读者作一般性的参考，并与原诗对照研读，借增了解。无论在何种情形下，希望读者都不要忘记，翻译原是一件不得已的代用品，决不等于原作本身。这样，译者的罪过也许可以稍稍减轻。

书中谬误，当于再版时逐一改正。至于英美现代诗人，今后仍将继续译介，积篇成卷，当再出版二辑，甚或三辑，俾补本书所遗。译诗甘苦，譬如饮水，冷暖自知，初不足为外人道也。初饮之时，颇得一些“内人”的教益与勉励，迄今记忆最深者，为梁实秋、宋淇、吴鸿藻、吴炳钟，及已故的夏济安诸位先生，因志于此，聊表饮水思源之情云尔。

——一九六八年一月十一日于台北

乡愁

——余光中

小时候
乡愁是一枚小小的邮票
我在这头
母亲在那头

长大后
乡愁是一张窄窄的船票
我在这头
新娘在那头

后来啊
乡愁是一方矮矮的坟墓
我在外头
母亲在里头

而现在
乡愁是一湾浅浅的海峡
我在这头
大陆在那头

余 光 中 译 作

托马斯·哈代

Thomas Hardy

人生再不如他们坦承其无奈之前
看起来那么残酷。

造化无端，诗人有情

哈代（1840—1928），成为小说家，是为了维生，他成为诗人，却是为了兴趣。从三十四岁到四十岁，他出版了八部小说，很快成名，收入也很丰盛。后来第七部小说《苔丝》出版，遭评论家凶猛挞伐。最后一部《无名的裘德》（*Jude the Obscure*）更遭围剿，诋之为“下贱的裘德”（Jude the Obscene）。哈代一怒，从此不写小说，改写诗。这对他而言，非但是一大解脱，更是一大享受。

哈代十六岁就习教堂之类的建筑，还得过大奖，不过他同时在写诗，但稿费微薄，他一直不投稿发表。小说受挫之后，他全力回到写诗，大型诗剧《历代》（*The Dynasts*）之后他又发表了三部上佳的诗集，遂以诗人身份成名。他和法国印象派大师几乎是完全同时代的人：他的生卒在一八四〇到一九二八年，莫奈则在一八四〇到一九二六年。殁后他的骨灰葬在西敏寺，但他的心则遵照其遗嘱，葬在多切斯特的郊外。

哈代身材矮小，还不满一米六五，他的发色近于稻草，蓝眼睛发出农夫锐利的注视，高耸的鹰钩鼻使他的面容威武有力。

这位作家生活于十九世纪与二十世纪之交。论者常云他的小说以英国南部西赛克斯〔苏塞克斯〕一带为背景，风格以维多利亚为主；而其诗则针对二十世纪的问题为探索的对象。他的世纪观受达尔文进化论影响，不承认人是宇宙的中心。他把科学的进展交付给文学。他认为造化（the elements）既非人类之友亦非其敌。造化根本不在乎人类的命运。宿命论是他对华兹华斯田园理想主义的回应。他对造化太了解了，才不会幻想造化是仁慈的。所以他的诗描写的是农夫遭受的战争，旱灾与疾病的悲惨，人与兽终身的挣扎与最后的挫败。如果有什么力量在控制，那就是偶然，疯狂的意外（crass casualty）。不过造化对人类的厄运尽管无动于衷，哈代对人类还是同情的。大家说他是悲观主义者，他却说自己只是改革家（ameliorator）。

这位宅心仁厚的改革者，同情的是勇于面对悲剧的人，如此的勇者就升为高贵的人了。哈代在小说中精心刻画的散文，在诗中却一变而为赤裸，顿挫而且自然。哈代的诗句有骨而无肉，绝少不必要的装饰。他的名诗歌咏十九世纪最后一天，有一只瘦弱的小画眉，面对风雨的岁晚仍然勇敢地独唱。他显然以小鸟自况，可谓动人。

哈代在英国诗坛另有一种意义。在二十世纪的伦敦诗坛久有圣三位一体的现象：叶芝、庞德、艾略特主持诗运近半个世纪，但三人均非英国人。尤其艾略特来自美国，作品中又使用多种外语（polyglot），在西欧俨然成了国际大师。庞德鼓吹许多外国文学（包括中国古典文学），又推崇跨行的艺术家（包括海明威、毕加索等），亦俨然国际文艺运动剑及履及的大推手。很自然，英国人对这种“被篡”的情势不甘忍受。戴维（Donald Davie）的专书《哈代与英国诗坛》（*Thomas Hardy and English poetry*）就指陈此种风气之偏差，并强调哈代诗歌的主题和技巧影响所及，受惠者先后有奥登（Wystan Hugh Auden）、拉金（Philip Larkin）、汤姆林森（Charles Tomlinson）、贝杰曼（John Betjeman）、劳伦斯（D.H.Lawrence）等多人。此外。托尔金（J.R.R.Tolkien）的神话三部曲《魔戒》，用散文诗写成，也受了哈代的启发。

冬晚的画眉

我靠在一扇篱落的门边，
当寒霜白如幽灵，
而冬晚的残滓也已遮暗
白昼渐弱的眼睛。
缠绕的枯藤指画着天心
有如破琴的断弦，
在邻近出没的幢幢人影
都已经回去炉边。

大地那清癯的面容仿佛
世纪的尸体横陈；
沉沉的云层是他的坟墓，
晚风是挽他的歌声。
原充满生机，古老的脉搏
如今已僵硬而干寒，
地面残余的每一影魂魄
都像我一样地漠然。

忽然我头顶冷冽的枝条
迸出了歌声一串，
一首尽情而衷心的晚祷
充满了无限的狂欢；
一只老画眉，纤弱而嶙峋，
披着吹皱的羽裳，
此时却不惜将他的灵魂
投向渐浓的苍茫。

环顾四周围地面的晚景，
无论近处或远方，
都不足激起孤鸟的豪情
如此忘情地歌唱，
我想在他道晚安的调里
颤动着一线希望，
只有他自己知道是什么
而我却无法猜想。

他杀死的那人

"只要他跟我相逢
在一间老旧的客栈，
两人就会坐下来，畅饮
老酒，一盏又一盏。

"可是列阵成步兵，
面对面瞪着眼睛，
我就射他，像他射我，
把他射死在敌阵。

"我射死他，只因——
只因为他是敌人，
如此而已，他当然是敌人；
道理很清楚，尽管

"他自认当了兵，也许
一时起意——跟我同命——
一时失业——卖掉了行李——
没有其他的原因。

"是啊；战争真是奇怪！
你杀死的这小子，
换了在客栈你会做东，
或者借他几角子。"

部下

“可怜的流浪汉，”灰空说，
“我本想给你照明，
但上面有上面的规定，
说这样实在不行。”

“我不想冻着你，破衫客，”
北风吼道，“我也有本事
吹出暖气，放慢脚步，
可是我也接受指示。”

“明天我会袭击你，朋友，”
疾病说，“可是俺
对你的小方舟本无敌意，
只是奉命得登船。”

“来吧，上前来孩子，”死神道，
“我本来不愿让墓地
今天就结束你的朝圣行，
可是我也是奴隶！”

大家都互相向对方微笑，
于是人生再不如
他们坦承其无奈之前
看起来那么残酷。

天人合缘

——咏泰坦尼克号之沉没

1

在海底的深处，

远离人类的自负

与设计造她的世间自豪，她仍潜伏。

2

钢的舱房，近日丧葬，

她成为火蜥蜴的坟场，

寒潮穿流，有海啸琴韵之悠扬。

3

许多明镜原本

要来映照富人

却由得虾蟹爬行——怪异，泥污，冷寂无声。

4

喜悦设计的珠宝

来取悦感性的头脑，

黯然无神，失焦，失色，不再能闪耀。

5

目如淡月的鱼群

注视镀金的齿轮，

问道：“这么虚荣何以在水底沉沦？”

6

哎，翼能破浪这灵物

正打造成形于船坞，

造化运转，鼓动又催生了万物，

7
却为她培养了婚伴，
邪恶——却庞然可喜欢——
一座冰山，此刻仍太早，完全无关。

8
正当这漂亮的巨船，
身材，风度，色泽都不凡，
影影绰绰，远处也悄然长着这冰山。

9
他们似乎不相干：
没有凡目能窥探
日后的故事怎么会紧密接焊，

10
或者可见何预兆，
两者的前途真巧，
不久这两个一半会合成一件噩耗。

11
终于岁月的纺轮
说“到了！”每一半都吃惊，
太限已至，两个半球撞成刺耳的高音。

海峡练炮

——咏第一次世界大战

那晚你们的重炮，无意间，
把我们从棺材中震醒；
把圣坛的窗户也都震破，
我们还以为是末日降临，

都坐了起来。凄清之中
猎犬都惊醒了，全都在吠；
老鼠失措落下了残食，
蚯蚓全都退回了墓内。

教会的田里母牛流涎。终于
上帝叫道："不，是海上在试炮
正如你们在入土以前
人间的世道仍未改好，

"各国仍拼命把火红的战争
越拼越血红。简直像发疯
各国都不肯听从基督
正如你们一般地无奈。

"现在还未到审判的时辰，
对战争中人还算是幸运
如果真是，就应该为如此威胁
把阴间的地板清扫干净……

"哈哈，那时情况就热得多了

当我吹起号角（万一当真
我会，只因你们是凡人
而急需安息于永恒。）”

于是我们又躺下，“不知道
人间会不会变得稍醒悟，”
有一位说，“比起当初他派我们
投这冥府世纪的虚无！”

许多骷髅都直摇其头，
邻居隔两位的牧师说道：
“与其生前四十年传道，
不如上辈子抽烟又醉倒。”

又一阵炮声震撼了当下，
咆哮说已到报复的时辰，
声传内陆的斯都尔顿塔，
凯洛宫，和星下的古碑石阵。

万邦崩溃时

只留下一个人在犁田，
步伐缓慢而沉静，
蹒跚的老马头直点，
人马都似在梦境。

只有一缕烟而无火焰，
从成堆的茅草升起；
此景会一直延续不变，
纵朝代来来去去。

远处一少女和她情人
路过时情话悄然；
战争的历史会融入夜深，
他们的故事还未完。

盲鸟

你的歌唱得真热烈！
而这一切的无理，
上帝竟同意，对你！
还没有飞已盲去，
被火热的针尖刺中，
我在旁简直不懂
你的歌唱得真热烈！

如此委屈而不恨，
也忘了可哀的悲惨，
你的命是永远黑暗，
注定一生要瞎寻，
自从被劫火所刺伤，
被囚于无情的铁丝网；
如此委屈却不恨！

谁真慈悲？唯有此鸟。
谁长受苦而保善心，
并不生气，纵然失明，
纵然被囚，却不轻生？
谁对一切仍容忍，希望？
谁不怀恶念，仍在歌唱？
谁才神圣？唯有此鸟。

江湖上

——余光中

一双鞋，能踢几条街？
一双脚，能换几次鞋？
一口气，咽得下几座城？
一辈子，闯几次红灯？
答案啊答案
在茫茫的风里

一双眼，能燃烧到几岁？
一张嘴，吻多少次酒杯？
一头发，能抵抗几把梳子？
一颗心，能年轻几回？
答案啊答案
在茫茫的风里

为什么，信总在云上飞？
为什么，车票在手里？
为什么，恶梦在枕头下？
为什么，抱你的是大衣？
答案啊答案
在茫茫的风里

一片大陆，算不算你的国？
一个岛，算不算你的家？
一眨眼，算不算少年？
一辈子，算不算永远？
答案啊答案
在茫茫的风里

一九七〇年一月十六日于丹佛

叶芝

William Butler Yeats

沉睡如石的二十个世纪，当时
如何被一只摇篮摇成了噩梦，
而何来猛兽，时限终于到期，
正蹒跚踱向伯利恒，等待诞生？

一则疯狂的神话

"一切都结束了，我终于有暇审视自己的奖章；那奖章，饶有法国风味，显系九十年代的作品，设计得很可爱，富装饰性，具学院气派。画面显示一位缪斯的立姿，年轻，美丽，手里抱着一把大七弦琴，旁立一少年正凝神聆听；我边看边想：一度我也曾英俊像那个少年，但那时我生涩的诗脆弱不堪，我的诗神也很苍老；现在我自己苍老且患风湿，形体不值一顾，但我的缪斯却年轻起来。我甚至相信，她永恒地'向青春的岁月泉'前进，像史威登堡灵视所见的那些天使一样。"

这是爱尔兰大诗人叶芝在《自传》中追述他接受一九二三年诺贝尔文学奖后的一番感慨；时间是同年十二月十日，当时叶芝是五十八岁。他在《自传》中的自剖并非夸张，因为他的诗神确实是愈老愈年轻。他的许多杰作，例如《丽达与天鹅》《航向拜占庭》《塔》《学童之间》等，都完成于一九二三年以后。他那沛然浩然的创造力，一直坚持到临终前的数月。有名的《青金石》《长脚蚊》《马戏班鸟兽散》等诗，都是死前一两年间的作品。那首苍劲有力的《本·布尔本山下》，更完成于一九三八年九月四日；那时，距他去世只有四个多月了。据说，一直到死前四十八小时，叶芝还忙于最后几篇未定稿的校订。

像叶芝这样坚持创作且忠于艺术以迄老死的例子，在现代英国诗坛上，是非常罕见的。一九六七年逝世的曼斯菲尔德（John Masefield，1878—1967），自从一九三〇年任桂冠诗人以后，并无任何杰出的表现。艾略特从接受诺贝尔文学奖到去世的十六年间（一九四八至一九六四），一首诗也没有写，而戏剧的创作也呈退步的现象。我国五四人物的表现，也似乎大抵类此。

叶芝在《自传》中慨叹生命与艺术间的矛盾，慨叹年轻时形体美好而心智幼稚，年老时则心智成熟而形体衰朽。这种矛盾，这种对比，在他的诗中，屡屡成为思考的焦点。例如《长久缄口之后》一首，便是讨论这个问题。要了解叶芝的深厚与伟大，我们必须把握他诗中所呈现的对比性。这种对比性，在现实的世界里充满了矛盾，但是在艺术的世界里，却可以得到调和与统一。灵魂向往永恒与无限，向往超越与自由，向往形而上的未知与不可知，但肉身却执着于时间与有限，执着于生和死的过程，执着于现实的世界。然而一个人，一个完整的生命，既不能安于现实，也不能逃避现实，他应认识这些相反的需要，而在两者相引相拒的均势下，保持平衡。想象与现实，心灵与形体，高贵与下贱，美与丑，遂成为叶芝诗中相反相成，相克相生的必要极端，因此他诗中所处理的，不是平面的单纯的思想或情感，而是一种高度综合的经验。叶芝曾谓，一个诗人带进他作品中的应该是“日常的，激情的，思考的自我”。他在作品中表现的，是“全人”的经验。例如在《航向拜占庭》一诗中，他始则歌咏肉体之必朽与灵魂之超越；继而叹息自己心灵被系于衰颓之躯体，是多么痛苦而不自由，需要解脱；终于又说，解脱之后，肉体已化，精神犹存，犹存于自己作品的艺术中，但自己作品中表现的，仍是人生，仍是“已逝的，将逝的，未来的种种”，也就是说，仍是时间，而不是永恒。又如《狂简茵和主教的对话》一首中，叶芝这种统一矛盾的信念，表现得更为突出。他甚至说：“美和丑都是近亲，美也需要丑……爱情的殿堂建立在排污泄秽的区域；没有什么独一或完整，如果它未经撕裂。”

这种相反因素的对比与统一，在他作品的形式上，也有类似的表现。在早期的作品中，他的文字颇为柔驯，但无力量。中年以后，他的文字兼有狂放与典雅，宏伟的修辞体和明快的口语配合得很富弹性，因而流畅之中见突兀，变化之中见秩序，不是大手笔是办不到的。这一点，在译文里自然很难觉察。叶芝善于运用传统的诗体，而又不受前人格律的限制，能在音节和韵脚上争取自由。例如《航向拜占庭》的诗体，原是拜伦最工的“八韵体”（ottava rima），但在叶芝的处理下，因“行内顿”（ caesura ）与“待续句”（run-on line）的变化，而有全然不同的效果。又叶芝在诗中善炼长句，吞吐之间，气全神足。他的一些短诗，从四行到十几行，一气贯透，在文法上往往只是一句。十二行的《催夜来临》，便是一个例子。

都柏林、伦敦、斯莱戈（Sligo），是叶芝在中年以前住得最久的三个地方，也是促使他诗风发展的三个因素。从九岁到十八岁，叶芝随父母住在伦敦，后来才回到都柏林去。九十年代之间，叶芝在伦敦，和"诗人社"诸作者往还甚密，因而继承了"前拉斐尔主义"的浪漫余风，以为诗之能事在于做到梦幻而飘逸的境界。斯莱戈是叶芝母亲的故乡，在爱尔兰西北部，面海而多山，居民多牧牛捕鱼。叶芝的寓所就在库尔公园附近的巴利利古堡上，周围的田园生活使他深切地体会到农业社会的现实和古爱尔兰的民俗。在都柏林，叶芝生活在爱尔兰文化和政治的漩涡里。他讨厌用文学来做政治的工具，但是眼见自己的诗成为复兴爱尔兰文化的灵感。叶芝最痛恨都柏林的中产阶级，痛恨那些人的毫无文化和蝇营狗苟。他宁可选择贵族的典雅和农民的纯朴。对他而言，都柏林象征的是暴力，科学和工业文明。

叶芝的价值观念，往往相互矛盾。在历史和文化的发展上，他相信，如果新的要来到，旧的必然崩溃，新旧交替之际，必然有一段狂暴和动乱的时期；那时价值混乱，观念模糊，每个人只有坚持自己的信仰。在一个信仰式微的时代，艾略特歇斯底里地悲吟着《荒原》和《普鲁弗洛克的恋歌》，叶芝却思有以超越普遍的幻灭，而建立个人的神话系统和价值观念。在这方面，叶芝颇似百年前的布莱克。布莱克不信任伏尔泰的理性，叶芝也不信任工业文明。叶芝曾非难现代西洋文明为“我们这科学至上，民主第一，祇务事实的，分门别类的文明”。他痛恨一切的暴力和偏激；在私生活上，他宁可遵循安详的仪式和风俗，像他对自己女儿的祝福那样。叶芝年轻时曾热恋爱尔兰美丽的女伶茅德·冈(Maud Gonne)，但是茅德致力于爱尔兰的独立运动，一意鼓吹暴力革命，叶芝数次求婚而皆为所拒。叶芝一方面黯然于被弃，另一方面又以为，像茅德这样姣好的女子，实在不该献身于政治斗争。这件憾事，一直梗在他的心里，而且经常出现在他的诗中。

现代文学史家，惯将叶芝的创作分成四个或五个时期。第一个时期，是他的前拉斐尔主义时期，也可以说是他的后期浪漫主义时期。这时他耽于唯美的梦幻，诗风朦胧而暧昧，个性不够突出，文字也无力量，可以《湖上的茵岛》和《当你年老》为代表作。第二个时期，约始于一九〇四年至一九〇八年之间。当时叶芝已经有改变的迹象。《亚当的灾难》《水上的老叟》几首诗，已经展示出新的趋向。一九〇八年，年轻的庞德闯进了他的世界，挟新大陆的朝气和（稍后的）意象主义的运动，迫使中年的叶芝，在半迎半拒的心情下，接受年轻一代的影响。于是叶芝从早期的浪漫主义和爱尔兰神话之中挣了出来，且展现一种正视现实的简朴和诚挚诗风。《一九一三年九月》《华衣》《成熟的智慧》《库尔的野天鹅》等诗，可以视为此期的代表作。第三个时期，是他的个人神话时期，约始于一九一七年。那一年，叶芝和乔吉·海德里斯结婚，并开始潜心研究神秘主义与通灵术。借夫人之助，他似乎接受了冥冥中的神谕，复就月之二十八态，推测人的性格，就古典文化与基督教之兴衰，推测二千年一轮替的文化周期。这个神话系统，比他早期的带点怀古幽情的爱尔兰神话，显然要繁富得多。不论我们是否重视：这个神话系统，这些信念显然已成为他此期诗中的中心思想和意象泉源，且使得那些诗充满了意义和暗示。《再度降临》《为吾女祈祷》《航向拜占庭》《丽达与天鹅》等，是此期的杰作，一般诗选里收得最多。第四个时期，自一九二八年以迄他逝世之年，展示他晚年再度挣脱神话与玄想而回到现实生活的风格。这时他悲愤于肉体的不可恃而又不得不持有，遂排开玄思与幻想，再度正视现实，拥抱生命，且发为苍老而仍遒劲的歌声。这时，叶芝的智慧已完全成熟，加上近乎口语的坦率和一个伟大性格的力量，遂形成他最后几篇杰作中那种不可逼视的狂放和灼热。例如《狂简茵》八首、《灵魂与自我的对话》《青金石》《长脚蚊》诸作，都是叶芝老而愈狂的表现，也是现代英诗中罕见的佳构。

大家不一定接受叶芝的社会思想，也不一定相信他的神话系统，但叶芝已经被公认为二十世纪初期英语世界最伟大的诗人。他的诗，结构宏伟，节奏繁富，意象明快而突出，思想性非常浓厚，情感的力量也非常充沛。最动人的，是他那逼视现实怀抱全生命的气魄。读他的诗，像看罗丹的雕塑，梵·高的画，像听贝多芬和瓦格纳的音乐，总令人感到一股强大的生命力，在现实的压迫下撞击，回旋，不能自已。

叶芝开始创作时，正值唯美与颓废的九十年代。他的晚年，又是普罗文学流行的三十年代。他能挣脱前者，超越后者，且始终保持并发展自己的风格，正说明了他的独创性和优越性。一九四〇年六月三十日，艾略特在都柏林发表一篇演说，纪念刚去世的叶芝，在结束演说之前，艾略特说："叶芝生于'为艺术而艺术'流行一时的世界，且活到世人要求艺术为社会服务的世界，竟能在上述两种态度之间，坚持一项绝非折中的正确观点，且昭示我们，一位艺术家，在十分诚恳地为其艺术工作时，即等于尽力为其国家与全世界服务了。"

下面选译的二十五首诗，可以代表后期的叶芝，从一八八八年到一九三九年临终前的不同风格。由于他的诗寓意深远，用事含蓄，遇有必要时，另于篇末一一点明，以便读者。

在柳园旁边

在柳园旁边和我的情人相见；
她雪白的纤足穿越过柳园。
她劝我爱情要看淡，如叶生树梢；
但我年轻又痴心，不听她劝告。

在河边的田里和我的情人并立，
她雪白的手扶在我斜倚的肩际。
她劝我人生要看开，像草生堤堰；
但我年轻又痴心，此刻泪涟涟。

湖上的茵岛

我就要动身前去，去湖上的茵岛，
在岛上盖一座小屋，用泥和枝条来敷：
再种九排豆畦，造一窝蜂巢，
　在蜂闹的林间独住。

在湖上我会享一点清静，清静缓落到地面，
从早晨的面纱降到蟋蟀的低唱；
子夜是一片渺茫，正午是一片紫艳，
　黄昏充满红雀的翅膀。
我就要动身前去，因为日日夜夜，经常
都听见湖水轻轻拍打着岸边；
无论我站在路头，或是在行人道上，
　水声在心深处都听见。

当你年老

当你年老，头白，睡意正昏昏，
在炉火边打盹，请取下此书，
慢慢阅读，且梦见你的美目
往昔的温婉，眸影有多深；

梦见多少人爱你优雅的韶光，
爱你的美貌，不论假意或真情，
可是有一人爱你朝圣的心灵，
爱你脸上青春难驻的哀伤；

于是你俯身在熊熊的炉边，
有点惘然，低诉爱情已飞扬，
而且逡巡在群峰之上，
把脸庞隐藏在星座之间。

评析 《在柳园旁边》《当你年老》这两首诗都是叶芝的少作，也都是情诗，诗中的“她”和“你”可能都是叶芝苦恋多年而未能终成眷属的茅德·冈。茅德是演员，美丽而刚烈，热衷于爱尔兰的抗英爱国运动。她的美丽迷住了叶芝，但她的刚烈叶芝却受不了。叶芝为她而作的情诗并不止这两首，在名诗《为吾女祈祷》中，诗人甚至期望爱女将来能享受安定而贤淑的家庭生活，不要学茅德的作风。

一般学者都认为叶芝的作品老而愈醇，他能成就二十世纪英语世界最伟大的诗人，主要是靠中年以后的“晚作”：因为那些晚作举重若轻，化俗为雅，能把生活提炼成艺术。对比之下，他的少作优美而迷离，不脱“前拉斐尔派”的唯美意识。这些我完全同意，却认为他那些少作虽然只有“次要诗人”(minor poet)的分量，其中颇有一些仍是不可多得的精品，值得细赏。《在柳园旁边》(*Down by the Salley Gardens*)是一首失恋的情诗：诗人怅念当年对情人的迷恋十分认真，但情人似乎不太领情，反而有意摆脱，所以慰勉他要看开一点，不可强求。可是诗人一往情深，不听劝告，结果当然是自作多情，吃了很多苦头。此诗向读者暗示了一则爱情故事，但其细节却隐在凄美的雾里，并未开展成为小说。也许如此反而令读者更感到余恨袅袅。最动人的该是每段的第三行：前半行似甜实苦，说不尽美丽的哀愁；后半行就地取喻，有民谣的风味。末行的“痴心”，原文是foolish，译作“愚蠢”当最现成，似乎忠于原文，但是不免拘于字面。英文里面，真正骂人是说stupid，带点宽容与劝勉，才是foolish。情人之间，说对方foolish，反而有“看你有多痴”的相惜之情。事隔多年，诗人犹感余恨，不过是恨命苦，并非记恨情人。李商隐不是说嘛：“此情可待成追忆，只是当时已惘然。”

《当你年老》(*When You Are Old*) 里面的情人，由第三人称变成了第一人称，有趣的是：《在柳园旁边》里，诗人以“我”出现，但到了《当你年老》里，“我”一直在自言自语，却始终不提“我”了。这就牵涉到末段第二行的“爱情”；原文Love是用大写，一般是指爱情之为物，亦即爱情之人格化。然则诗人的用意，究竟是指情人老来孤单，追思前缘，不胜惋惜，但那已经是过去的事了，像是传说，又像是神话；抑或是指爱她的人，亦即诗人（也就是次段第三行的“有一人”），早已远去，成了传说，登上了艺术之峰，与灿亮的名家为伍了呢？首段第二行，“请取下此书”(take down this book)，是什么书呢？应该就是诗人正在写的书了，也就是这首情诗要纳入的诗集吧：当你年老，这本诗集就在你的书架上，所以要“取下”。于是你一面读着，一面就神游（梦见）往昔，发现当年追求你的人虽多，但真正爱你知你如我者，仅我一人。众多追求者爱你的青春（韶光）美貌，而我啊，即使你美人迟暮（青春难驻）也仍然爱着你呢。

学者曾指出，此诗起句来自法国十六世纪“七星诗派”领袖龙沙（Pierre de Ronsard）《赠海伦十四行集》(*Sonnets pour Hélène*)之一，其起句为：“当你年老，夜晚在烛光下”（Quand vous serez bien vieille, au soir, á la chandelle)。龙沙之诗大意是："当你年老，烛光下纺纱，吟着我的诗句，说当你绮年美貌，龙沙曾赋诗赞你；我已入土为鬼，躺在桃金娘的荫下。你也成了老妪，蹲在炉火旁边，悔恨自己高傲，错失我的爱情。与其空待明日，不如爱我今朝。"龙沙的情诗语含威胁，有欠宛转。叶芝起句学他，但温柔敦厚，更为体贴，无怨无尤，一结余韵袅袅。

水上的老叟

我听见老而又老的群叟
说："万物皆变，
一个接一个我们将溜走。"
他们的手如爪，他们的膝
扭曲之状如千年的荆棘
在水边。
我听见老而又老的群叟
说："凡美丽的终必漂走，
如急湍。"

——一九〇三年

成熟的智慧

叶虽有千万张，根只有一条；
在青年时代说谎的日子里，
我在阳光下把花叶招摇；
现在我可以萎缩为真理。

催夜来临

终身是风雨与奋斗，
她的灵魂盼骄傲之死
带给她一件礼物，
因而她不能忍受
生命的一般幸福；
她活着，像一个帝王
排满他大婚的日子
以燕尾旗和长旌，
以号与铜鼓的震响，
与气炎凌人的礼炮，
将时间匆匆地送掉，
为了催黑夜来临。

——一九一四年

评析　《催夜来临》是一九一四年发表的作品。此地的“她”是指叶芝终生恋慕的爱尔兰革命女志士茅德·冈。叶芝在诗中用了一个很动人的明喻（simile）说她高洁的灵魂在革命事业重大的压力下，希冀最后能进入死亡，而拥有不朽（即诗中所说骄傲之死带给她的“礼物”）。这种情形，叶芝说，就像在大婚之日的帝王，为了迎接夜，以及夜所带来的幸福（皇后），乃用旌旗、鼓号与礼炮将白昼驱走，俾黑暗早早降临。这个明喻运用得既有气派，又很贴切；用旗鼓与礼炮比拟轰轰烈烈的革命，用帝王比拟灵魂，黑夜比拟死亡，复用新娘比拟不朽，真是再动人不过了。

华衣

为吾歌织华衣，
遍体皆绣花，
绣古之神话，
自领至裾；
但为妄人所攫，
且衣之以炫人，
若亲手所纫。
歌乎，且任之，
盖至高之壮志，
在赤体而行。

——一九一二年

评析

《华衣》是叶芝一九一四年出版的诗集《责任》压卷之作。在诗中，叶芝责备时人争相效颦他早年的风格，并毅然宣称，他将扬弃那一套古色古香的华丽神话，在前无古人的新境域中重新出发；因此批评家往往引用这首短诗，来印证叶芝风格的转变。

既然想通了，还有何必要，
除了摸索油腻的钱柜，
在便士之外加添半便士，
而且颤颤地祷了又再祷，
直到骨头榨干了骨髓？
世人生来不过许愿并存钱：
浪漫的爱尔兰一去不回，
随着奥利瑞已进了墓间。

可是那些人却非我同类，
恶名吓得你不敢儿戏，
他们闯世界像一阵风，
忙得没空停下来安祈，
绞刑吏织绳以待的囚犯，
他们能够，天保佑，救得了谁？
浪漫的爱尔兰一去不返，
随着奥利瑞已进了坟堆。

难道雁群会因此张开，
灰翅俯扑向潮去潮来；
难道因此会引起杀戮，
因此牺牲了费兹杰洛，
还有艾默和沃夫·东恩，
一切勇士的极端狂喜？
浪漫的爱尔兰一去无踪，
随着奥利瑞已进了墓里。

但如果岁月能重新开始。
召回那些亡魂啊如故，
带着往日的寂寞与悲痛，
你会叹，“有些女人的金发楚楚
教每个母亲的健儿失魂”：
他们献出的自认不足惜。
但别再提了，已一去无影，
正陪着奥利瑞进了墓地。

——一九一三年

学者

光颅们恍惚于自己的罪过，
老耋，博学，可敬的光颅
编辑且诠释一些章句，
让年轻人，夜间辗转反复，
在爱情的绝望中吟哦，
取悦无知的美底[1]耳朵。

皆嗫嚅；皆在墨水中咳嗽；
皆用鞋履将地毡磨损；
皆思想他人所有的思想；
皆认识邻人认识的人。
呜呼，他们该怎么解释？
加大勒[2]行路是否那方式？

——一九一五年

1 “底”旧同“的”。
2 指卡图卢斯。

评析　叶芝一向看不起那些只知书本不知生活的曲士、腐儒。“皆在墨水中咳嗽；皆用鞋履将地毯磨损”；可以说将腐儒们那种苍白、闭塞而卑琐的生活，用最具体的形象把握住了。而腐儒们最可悲的一点，便是没有自己的思想，凡事必须攀附在他人或前人的身上。加大勒 (Gaius Valerius Catullus) 是公元前一世纪杰出的抒情诗人，所作给情人莱斯比亚的情诗，甚为驰名。第一节中所言“编辑且诠释一些章句，让年轻人……在爱情的绝望中吟哦”，可能指一般的情形，也可能特指加大勒的作品。

有人要我写战争的诗

我想在我们这时代，一个诗人
最好将自己的嘴闭起，实际上，
我们也无能将政治家纠正；
诗人管别人的事已够多，又想
讨好少女，在她困人的青春，
又想取悦老叟，在冬日的晚上。

重誓

他人，因为你当初违背
那重誓，变成了我的朋友；
但每次，我面对死亡，
每次我攀登梦境之崔巍，
或是兴奋于一杯美酒，
猝然，我就瞥见你脸庞。

——一九一九年

评析

此地的“你”是指茅德·冈。前二行用了一个插入句法，不谙英文文法的读者可能因此感到费解。理顺后，散文的次序是：“因为你当初违背那重誓，他人（出于同情，竟）变成了我的朋友。”

库尔的野天鹅

群树穿着秋天的美丽，
林中的幽径何干爽；
在十月的微光里，湖水
反映着寂静的穹苍。
在饱满的水面，在石间，
五十九只天鹅何翩翩。

第十九个秋天已经来到，
自从我首次数鹅群。
当时未数完，我曾经看见
它们忽然都飞升，
且四散回旋，庞大但不成圈，
且扑着翅膀，骚然。

我立望那些灿烂的生命，
此刻我的心很凄惨。
一切都变了，自从我初在岸上，
在黄昏时分听见
它们的巨翼在头顶如撞钟，
那时我步伐较轻松。

仍未困倦，情人伴着情人，
天鹅群划泳着冷冷
而可亲的流水，或飞上空中。
它们的心尚年轻；
无论漂去何处，热情或野心

仍然与它们为伍。
此刻天鹅群在静水中徜徉，
神异莫测而美妍。
但将来去何方的丛苇筑巢，
去什么湖滨，池畔
娱人之目，当我有一天醒来，
发现它们已飞开？

——一九一六年

爱尔兰一空军预感死亡

我知道我终将面对命运，
在那上面，在缥缈的云间；
与我战斗的，我并不仇恨，
受我保护的，我也不眷恋；
我的国家是基大顿[1]的通衢，
我的同胞是基大顿的贫民；
任何后果不会使他们更忧郁，
也不会使他们比从前欢欣。
不为法律，也不为责任而战，
不为诸公，也不为欢呼的群众，
好寂寞的一阵喜悦的灵感
驱我直上这骚动的云中；
我思前想后，一切与一切，
未来的岁月像虚度的日子，
虚度的日子是以往的岁月，
比起这样的生来，这样的死。

1　指基尔塔坦。

再度降临

旋转又旋转着更大的圈子，
猎鹰听不见放鹰人的呼唤；
一切已崩溃，抓不住重心；
纯然的混乱淹没了世界，
血腥的浊流出闸，而四方
淳厚的风俗皆已荡然；
上焉者毫无信心，下焉者
满腔是激情的狂热。

必然，即将有某种启示；
必然，即将有再度的降临。
再度降临！这句话才出口，
便自宇宙魂升起一巨影，
令我目迷：在沙漠的某地，
一个形象，狮其身而人其首，
一种凝视，空茫残忍如太阳，
正缓缓举足，而四面八方，
愤然，沙漠之鸟的乱影在轮转。
黑暗重新降下；但现在我知道
沉睡如石的二十个世纪，当时
如何被一只摇篮摇成了噩梦，
而何来猛兽，时限终于到期，
正蹒跚踱向伯利恒，等待诞生？

——一九二一年

评析 叶芝认为文化的发展有其周期，且以一千年为一个周期；叶芝称之为“大年”（Great Year）。他认为，第一个周期始于公元前二千年的巴比伦，而终于希腊罗马文化的式微。第二个周期是基督教的文化，到了二十世纪，也已面临崩溃，且将被另一不同类型的文化所取代，但新旧交替之际，必然有价值混乱暴力横行的现象。所谓“再度降临”（Second Coming），原指《新约·马太福音·第二十四章》基督所预言的圣地遭劫，世界末日来临，以及假基督伪先知之出现；但在诗中，似乎又联想及于启示录中所载，能以妖术惑众之怪兽号“反基督”（Antichrist）者。根据启示录所载，此兽十角七首，望之若豹，熊足狮口，权威如龙。不少基督徒认为这便是基督重降前的“罪人”；或附会历史，以为是指尼禄王、拿破仑、威廉二世、希特勒或斯大林。叶芝亦自述，屡在梦中见一怪兽，形如斯芬克斯。

叶芝对于时间的观念，无论那是历史的或个人生命的时间，恒是回旋式的。这种观念，形之于诗中意象，或为旋风，或为线球，或为回旋梯。此处他用猎鹰在空中盘旋，来象征文化的运转，但猎鹰盘旋的圈子愈放愈大，终于超逸了地面放鹰人的控制。文化的重心既失，代表那文化的一切价值也就涣然溃散了。“纯然的混乱”“血腥的浊流”“下焉者满腔是激情的狂热”诸句，指一九一七年的俄国革命。这首诗发表于一九二〇年，但多年后，叶芝亦承认此诗于冥冥中成为法西斯的预言。在三十年代中，有一位朋友写信给叶芝，要他公开表示反极权的立场。叶芝回信说：“别想劝我做政治人物，即使在爱尔兰，我想，我也不会卷入政治了……这些年来，我并未沉默，我所用的是我的唯一工具——诗。如果你手头有我的诗，可以翻阅一首叫《再度降临》的诗。那是我十六七年前写的作品，其中所预言的，正是今日发生的一切。从那时起，我曾经再三写过这题材。”

“宇宙魂”（Spiritus Mundi）一词的拉丁原文，本自十七世纪柏拉图派学者亨利·摩尔；但在英文中，叶芝称之为“大记忆”（Great Memory）。它容纳人类过去的种种记忆，像一间贮藏室，供应个人的梦与想象；其说略近荣格（C.G.Jung）的“集体无意识”。篇末所谓“摇篮”，指基督之诞生结束了第一个大年的异教文化。然则在基督文化崩溃之际，是否也有什么将在新的摇篮里诞生？叶芝似乎有意将那“猛兽”写得蠢蠢而动，鲁莽、暧昧，可疑而又可怖，因为下一个类型的文化，谁也不明白究竟是什么形态。一切文化，叶芝相信，莫不始于残暴，渐臻于成熟，而终于衰退、瓦解。

为吾女祈祷

暴风雨重新在咆哮，但是半掩
在摇篮的帐顶和被单下面，
我的女婴仍酣睡。唯一的屏障
是归葛里[1]森林和荒秃一山岗，
挡住那狂风，风自大西洋吹来，
能扑翻干草堆，掀走屋顶；
我徘徊又祈祷了一个时辰，
因心中笼罩一大层阴霾。

我为这婴孩徘徊而祈祷
一小时，且听海风在塔上呼号，
呼号，在拱起的桥洞下面，
在涨水的河上那榆树林间；
在激动的沉思中我幻想
未来的年代已降临，
且应着疯狂的鼓声
奋舞，从致命的无知之海上。

愿冥冥能赐她美丽，但是不必
美得令一个陌生人目迷；
或令她自己对镜时太沉醉，
这种女孩，生得太美，太美，
会幻想，美便是足够的目的，

1　指格雷戈里森林。

遂丧失天赋的仁慈，甚至
流露真心的那种相知，
竟选择错误，永不能获得友谊。

海伦入选，感生命平凡而单调，
终于又为了一个痴人而烦恼；
而那伟大的女王，海浪所生，
没有父亲，一切该称心，
却选中跛脚的铁匠做夫妇。
多少美好的妇人总是
胡思乱想，命运差迟，
丰年的羊角，遂因此被误。

首先，我要她学习谦恭；
有些女子不全凭美容，
心灵非天赐，乃修养所致；
多少女子自误于丽质，
终因魅力而赢得慧心；
多少可怜的流浪汉，
爱过，且误会曾被爱恋，
对这种仁慈的女性最动情。

愿她像株隐形树，繁柯密叶，
所有的心事像一只红雀，
唯一的任务是四方散播
那种豪豪爽爽的清歌，

为了游戏，才绕树飞逐，
为了游戏，才斗嘴。
啊，愿她长成青青的月桂，
植根于永永可亲的泥土。

因为我曾经爱过的一些心灵，
我欣赏的那种美，皆不幸运，
我的心灵近日也已经涸干；
但我知道，如果让仇恨填满，
在一切邪恶中为恶最深重。
如果心中没有敌意，
则风之侵犯与袭击
决不能将红雀驱出叶丛。

思想上的仇恨为害最深，
让她明白凡偏见都可憎。
我岂未目睹最可爱的女子
从丰年的羊角中降世，
却坚持自己顽固的意向，
将那羊角，和安详的性格
都了解的每一种美德，
去交换一只怒飙的老风箱？

设想，一切恨意放逐尽，
灵魂恢复原始的天真，
而终于领悟它能够自娱，

能够自慰，也能够自惧，
而它温柔的心意便是天意；
她仍能够，虽众人怒眉，
虽多风的地带皆狂吹，
虽风箱尽迸裂，仍能自怡。

愿她的新郎领她回家去，
而一切已井然，一切合礼；
因傲慢与仇恨莫非商品，
任人叫卖，在市场中心。
如果不遵守仪式与风俗，
天真与美如何能养成？
仪式，以之名羊角之丰盈，
风俗，以之名欣欣之桂树。

——一九一九年

评析　叶芝结婚很晚，做父亲更晚。他的女儿安妮·巴特勒·叶芝（Anne Butler Yeats）在一九一九年二月廿六日出世时，做爸爸的诗人已经五十四岁了。同年六月，叶芝写了这首有名的《为吾女祈祷》。当时他和夫人住在爱尔兰西海岸的戈尔威，寓所是数百年前诺曼式的古堡，叫作巴利利塔（Thoor Ballylee），一九一七年，叶芝买下它后，曾加以修建。以后这古堡时常出现在他的诗中，成为回旋上升的生命通向未知与黑暗的象征。塔在库尔公园附近，临海而且多风。

第二段末三行所言，可以参阅《再度降临》的首节。叶芝认为，基督教的文化崩溃时，“纯然的混乱淹没了世界，血腥的浊流出闸”。海涛怒吼，遂引起他的联想。第四节所谓“痴人”是指诱带海伦私奔的帕里斯王子。“伟大的王后”指海浪所生的爱神维纳斯，嫁给弯腿而丑陋的天国铁匠伏尔甘，而又不安于室，与战神马尔斯相恋。“丰年的羊角”（Horn of Plenty）为满盛瓜果与鲜花的大羊角，用以象征丰衣足食；相传希腊天神宙斯幼时曾就山羊吸乳，故用羊角为象征。叶芝引申此意，使之更象征美好生活之秩序与风雅。

叶芝认为，过分美丽与偏激，均非女子之福。他认为女子最高的美德是谦逊与仁慈，至于容貌，清秀已足，何必倾城。第八节所谓“最可爱的女子”指茅德·冈。末节所言种种，显示叶芝的理想生活形态，是井井有条的贵族式的农业社会。

全诗十节，韵脚依次为AABBCDDC。译文因之，惜未能工。

丽达与天鹅

猝然一攫：巨翼犹兀自拍动，
扇着欲坠的少女，他用黑蹼
摩挲她双股，含她的后颈在喙中，
且拥她无助的乳房在他的胸脯。

惊骇而含糊的手指怎能推拒，
她松弛的股间，那羽化的宠幸？
白热的冲刺下，被扑倒的凡躯
怎能不感到那跳动的神异的心？

腰际一阵颤抖，从此便种下
败壁颓垣，屋顶与城楼焚毁，
而亚嘉曼农[1]死去。
就这样被抓，
被自天而降的暴力所凌驾，
她可曾就神力汲神的智慧，
乘那冷漠之喙尚未将她放下？

——一九二八年

1 指阿伽门农。

评析 《丽达与天鹅》写于一九二三年，初稿刊于翌年，定稿发表于一九二八年，是叶芝最有名的短诗之一。我们可以用它解释希腊文化的诞生，也可以用它来解释创造的原理。根据希腊的神话，斯巴达王廷达瑞俄斯（Tyndareus）的妻子丽达（Leda）某次浴于犹罗塔斯河上，为天神宙斯窥见。宙斯乃化为白天鹅，袭奸丽达，而生二卵：其一生出卡斯托尔（Castor）与克吕泰涅斯特拉（Clytemnestra），其一则为波吕克斯（Pollux）与海伦。后来卡斯托尔和波吕克斯成为一对亲爱的兄弟，死后升天为双子星座。克吕泰涅斯特拉谋杀了丈夫，迈锡尼王亚嘉曼农。海伦成为倾城倾国的美人；由于她和帕里斯王子的私奔，特洛伊惨遭屠城之灾。所以本诗第九行至十一行，是指丽达当时的受孕，早已种下未来焚城及杀夫的祸根。

叶芝认为，无论希腊文化或基督教文化，皆始于一项神谕（Annunciation），而神谕又借一禽鸟以显形。在基督教中，圣灵遁形于鸽而谕玛丽亚将生基督；在希腊神话中，宙斯遁形于鹄而使丽达生下海伦。

另一方面，宙斯也是不朽的创造力之象征。但即使是神的创造力，恍兮惚兮，也必须降落世间，具备形象，且与人类匹配。也就是说，灵仍需赖肉以存，而灵与肉的结合下，产生了人，具有人的不可克服的双重本质：创造与毁灭，爱与战争。最后的三行半超越了希腊神话而提出一个普遍问题，那就是：一个凡人成了天行其道的工具，对于冥冥中驱遣他的那股力量，于知其然之外，能否进一步而知其所以然？究竟，是什么力量，什么意志在主宰人类天生的相反倾向，使之推动历史与文化？

本诗在格律上是一首莎士比亚体的十四行，唯后六行韵脚的安排不拘原式，近于彼特拉克体。

航向拜占庭

那不是老人的国度。年轻人
在彼此的怀中；鸟在树上
——那些将死的世代——扬着歌声；
鲑跃于瀑，鲭相摩于海洋；
泳者，行者，飞者，整个夏季颂扬
诞生，成长，而死去的众生。
惑于感官的音乐，全都无视
纪念永生的智慧而立的碑石。

一个老人不过是一件废物，
一件破衣挂在木杖上，除非
灵魂拍掌而歌，愈歌愈激楚，
为了尘衣的每一片破碎；
没有人能教歌，除了去研读
为灵魂的宏伟而竖的石碑；
所以我一直在海上航行，
来到这拜占庭的圣城。

哦，诸圣立在上帝的火中，
如立在有镶金壁画的墙上，
来吧，从圣火中，盘旋转动，
且教我的灵魂如何歌唱。
将我的心焚化；情欲已病重，
且系在垂死的这一具皮囊，
我的心已不识自己；请将我纳入，
纳入永恒那精巧的艺术。

一旦蜕化后，我再也不肯
向任何物体去乞取身形，
除非希腊的金匠所制成
的那种，用薄金片和镀金，
使欲眠的帝王保持清醒；
不然置我于金灿的树顶，
向拜占庭的贵族和贵妇歌咏
已逝的，将逝的，未来的种种。

评析 拜占庭（Byzantium）是东罗马帝国（三九五——一四五三）的京城和文化中心，现名伊斯坦布尔。对于叶芝，它代表与生物世界相对的艺术世界，它是心灵的国度，永存于时间的变化之外，很像先知诗人布莱克所说的“想象之圣城”（holy city of the Imagination）。叶芝认为，拜占庭文化不但代表基督教文化的全盛期，更代表一种和谐而幸福的生活方式，和支离破碎的现代工业社会截然不同。在《心景》一书中，叶芝说：“我想，如果能让我离开此时此地，任择一处，去古代生活一个月的话，我愿生活在拜占庭，那时代，应稍稍在查士丁尼大帝开放圣索菲亚大教堂并封闭柏拉图学院之前（按公元五三五年左右）……我想，在早期的拜占庭，宗教的，艺术的，和日常的生活合为一体，而建筑家和工匠以金银为媒介诉诸大众；这在历史上也许是空前绝后的。画家，镶嵌匠，金银匠，圣经彩绘师，几乎都是全心全意贯注他们的题材，也就是全民的心景之上，既非孤立的，也无各营所营的自觉。”

在叶芝的这首诗中，拜占庭不但是地理上的，更是心灵上的存在，象征着不随肉体以俱朽的艺术。叶芝写这首诗时（一九二七年），已经六十二岁了。肉体的衰退，死亡的威胁，以及对于时间的敏感，迫使老诗人向艺术的世界寻求安全感，因为只有艺术能完美地存在于时间以外。因此，在主题上，这首诗颇近济慈的《希腊古瓶歌》。

首节前六行，形容海陆空各界生物活动于其中的现实世界。那当然不是老人的世界，因此叶芝要离开它，而航向不朽的圣城。所谓“纪念永生的智慧而立的碑石”，是指文学和艺术的杰作。第三节中所用的，是叶芝最喜欢的意象：一种表现紧张情绪的回旋运动。唯此地的回旋运动是在火中进行，更具壮丽之感。作者要求创造的圣火焚去他的滓渣，他的情欲和尘躯，也就是说，净化他的灵魂，且将之纳入艺术之中。第三节第三行末的辞句，原文是perne in a gyre，译文作“盘旋转动”，未能传神。Perne原意是“线球”，在此作“绕线”或“放线”解，以之摹状回旋的运动，是再有力不过了。关于末节所言希腊金匠种种，叶芝曾说：“我曾在一本书中读到一段记述，说在拜占庭的皇宫里，有一株金银打造的树，人工的鸟在树上唱歌。”有生者必有死。艺术不生于自然，故亦不在自然中死去。“人工的鸟”不生于自然，即所以象征艺术。但是，无论多伟大的心灵，或是多美好的思想，仍不能不赖形体以存；这形体便是艺术，不与肉身的形体共存共殁于时间的形体。然而不朽的心灵所寄托的艺术，一方面超越时间，另一方面却必须处理时间之中的现象：生命；所以“人工的鸟”唱来唱去，仍不免以“帝王，贵族，贵妇”（象征人类）为对象，而歌的主题，仍是“已逝的，将逝的，未来的种种”（时间的变易）。

长久缄口之后

启齿，在长久的缄口之后原应该，
当别的情人都已经疏远或死亡，
无情的灯光在灯罩里隐藏，
窗帘下垂，将无情的夜遮盖，
应该，让我们讨论复讨论，
讨论歌与艺术至高的主题；
形貌衰而心智开；想往昔
我们年轻而相爱，噩噩，浑浑。

——一九三三年

评析 两个情人在夜间久别重逢，相对无言者久之。“别的情人都已经疏远或死亡”；显然，这些年来已经发生过许多事情，最后只剩下他们两人，而他们已经老了。灯光是“无情”的，因为它会暴露情人的苍老容颜；夜是“无情”的，因为外面的世界是现实的世界，属于年轻的人。所以还是遮住灯光，拉下窗帘吧。“形貌衰而心智开”：青春与智慧是不可兼得的。叶芝写这首诗时（一九三三年），已经年近古稀了。

狂简茵和主教的谈话

我在路上遇见那主教，
他和我有一次畅谈。
“看你的乳房平而陷，
看血管很快要枯干；
要住该住在天堂上，
莫住丑恶的猪栏。”

“美和丑都是近亲，
美也需要丑，”我叫。
“我的伴已散，但这种道理
坟和床都不能推倒，
悟出这道理要身体下贱，
同时要心灵孤高。

“女人能够孤高而强硬，
当她对爱情关切；
但爱情的殿堂建立在
排污泄秽的区域；
没有什么独一或完整，
如果它未经撕裂。”

——一九三三年

青金石

我听过神经质的女人说，
他们烦透总是自得的诗人
使用的调色板与琴弓，
因为人人都知道或应知
如果不采取剧烈的手段
飞机与飞船就会出现，
像威廉王一般投炸弹
直到满城市无一幸免。

凡人都扮演自己的悲剧，
昂然走过了汉莱特[1]，还有李尔。
奥菲丽亚与考娣丽亚[2]
但她们，纵然到最后一幕，
巍巍的巨帷即将降下，
如果真配演戏中的名角，
绝不会中断台词而哭泣。

人尽皆知汉莱特、李尔皆自得；
自得使恐惧之人全蜕变。
世人皆向往，得之，又失之；
黑暗之来；天国熊熊照进了脑袋：
悲剧加工到它的顶点，

1 指哈姆雷特。
2 指考狄利娅。

纵汉莱特漫步而李尔发怒，
而所有布帷都同时落幕，
落在十万座剧台之上，
也不会多长一寸或一两。

他们徒步走来或乘船，
或骑骆驼，马背，骡背，驴背，
古老的文明被斩于剑刃。
继而自身及智慧亦摧毁；
卡利马克司[3]把大理石
当作青铜来雕，他凿的皱褶
似乎迎海风扫衣而扬起，
但他的雕品无一传后；
他造的长灯罩状若棕榈
的细枝，只立了一天；
万物都倒下了又建起
而重建的人全都得意。
两个汉人，后面还跟了一位，
用一块青金石雕出，
头顶有一只长足鸟飞着，
象征长寿的一个吉兆；
第三人显然是个僮仆
携着一张奏乐的琴具。

3　指卡利马科斯。

石上每一处褪色的斑点，
每一处偶然的裂纹，凹缺，
都像是溪道或是雪崩，
或是峻坡上仍下着雪，
但显然梅树或是樱枝
正香满途中渺小的村舍，
三山客正向香处攀登，而我
满心想象他们会坐下；
就坐在山上也是天上，
俯望整幅悲剧的风景。
有人要听哀伤的琴韵，
高手的十指就开始拨琴，
他们的眼睛有许多皱纹，
老皱的眼睛有自得的神情。

——一九三八年

激发

你以为真可怕：怎么情欲和愤怒
竟然为我的暮年殷勤起舞？
年轻时它们并不像这样磨人。
我还有什么能激发自己的歌声？

一亩青草地

图画与书卷留下，
还有一亩青草地
容我呼吸且运动，
如今不再有体力；
半夜里，古屋中，
只一只老鼠在走动。

已经不再心动，
生命到此落幕，
既无想象之游荡，
也无脑筋之耐磨，
耗尽破衫与疲骨，
只为把真理给找出。
请许我老而能狂，
让我将自身抖擞，
好变成泰门与李尔
和那位威廉·布莱克，
学他们猛力捶墙，
逼真理听从其呼嚷；

米开朗吉罗的脑力
能直透叠叠云层，
或者受狂热所鼓舞
能撼动裹尸的古人；
否则人间会忘记
老者如鹰隼的脑力。

——一九三八年

又怎样？

他深交的好同学都认为
未来他一定会成名；
他也同意，凡事都依成规，
也真辛苦到二十几岁；
“又怎样？”柏拉图冥冥唱道，“又怎样？”
他的书都有人来拜读，
多年之后他的钱赚了不少，
够他一辈子的用途，
钱之为友真正是可靠；
“又怎样？”柏拉图冥冥唱道，“又怎样？”

他所有的美梦都终于兑现——
一座小古屋，妻儿都不欠，
李子和白菜长了一满园，
诗人和名士簇拥在身边；
“又怎样？”柏拉图冥冥唱道，“又怎样？”

“功德圆满”，老来他自慰，
“正如我从小所计画[1]；
让愚人去责骂，我从未走差，
事情都做得十全十美；”
冥冥中柏拉图更高唱，“又怎样？”

——一九三八年

1　指“计划”。

五种意象

我能不能叫你
从心灵的洞里出来？
更好的体操该是
任风吹，任日晒。

我无意叫你远征
去莫斯科或罗马。
放弃那种苦差事吧，
把缪斯叫回你家。

去寻找那些意象吧
那些都是在野外，
去找狮子和处女，
还有娼妓和小孩。

就在头顶的高空，
去找雄鹰的飞翔，
认清爱尔兰的五族，
才能叫缪斯歌唱。

长脚蚊

为了不教文明沉沦，
不让大战打输，
喝止那犬，系好那驹
在远处的石柱；
我们的主帅恺撒在帐中，
地图皆已摊开，
他的双眼凝视着虚无，
一只手支腮。
像一只长脚蚊飞临流水，
他的思想在寂静上运行。

为了烧那些入云之塔，
让人长忆那脸庞，
要走就尽量轻轻走动，
在这孤寂的地方。
一分像女人，三分像孩子，
她以为没人看见；
在街上学来一种拖步舞，
她就在这里偷练。
像一只长脚蚊飞临流水，
她的思想在寂静上运行。

为了发育的女孩子能发现
心中第一个亚当，
教皇的礼拜堂，把门关上，
不准孩子们来闲逛。

看那边的木架顶，仰偃着
米开朗吉罗。
声息轻微，有如鼠群窸窣，
他的手来回穿梭。
像一只长脚蚊飞临流水，
他的思想在寂静上运行。

——一九三九年

评析　本诗的三节分述决定欧洲文化形态的三个人物，在做重大抉择之际，必须聚精会神，不容旁人或任何噪音干扰，否则文化的进行可能为之改向。第二节的海伦正在学习如何变成女人；她变成女人后，希腊文化将因她而开始。第一节的恺撒大帝，在希腊罗马古典文化的末期，正在帐中研究，如何部署一场历史性的战役。第三节的米开朗吉罗则代表基督教文化的创始；他正在罗马西斯廷教堂中仰绘其圆顶。他画的是创世记的故事，画面上，上帝正赋亚当以生命。后代那些怀春的少女，将因亚当的形象，而激起心中对男性的向往。而无论这些历史人物是创造性的或毁灭性的，面临重大抉择之时，他们的思想必须超越时间之上，正如“长脚蚊飞临流水”。

乡愁四韵

——余光中

给我一瓢长江水啊长江水
酒一样的长江水
醉酒的滋味
是乡愁的滋味
给我一瓢长江水啊长江水

给我一张海棠红啊海棠红
血一样的海棠红
沸血的烧痛
是乡愁的烧痛
给我一张海棠红啊海棠红

给我一片雪花白啊雪花白
信一样的雪花白
家信的等待
是乡愁的等待
给我一片雪花白啊雪花白

给我一朵腊梅香啊腊梅香
母亲一样的腊梅香
母亲的芬芳
是乡土的芬芳
给我一朵腊梅香啊腊梅香

埃德温·缪尔

Edwin Muir

我是负债人，对一切；对一切我感恩，
对人和兽，季节和冬至夏至，黑暗和光，生和死。

感恩的负债人

二十世纪苏格兰最杰出的诗人兼翻译家缪尔，诞生在苏格兰东北外海的奥克尼群岛（the Orkneys）。小时候，他一直在岛上念书，牧歌式的田园风味给他的印象很深。后来他随家人迁去格拉斯哥的贫民区，少年生活颇不快乐。工业大城的乌烟瘴气和外岛的清静岁月所形成的对照，日后成为他《自传》（*An Autobiography*，1954）中萦心不去的主题，在长诗《迷宫》（The Labyrinth）里也以寓言的手法出现。

在刻苦的环境中，缪尔努力自修，学会了德文，深受尼采和海涅的影响。一九一九年，他和精通德文的威拉·安德森结婚，定居伦敦，靠翻译和书评维生。一九二一年至一九二八年间缪尔偕夫人漫游欧洲大陆，同时渐渐在国内成名，以诗、小说、批评、翻译闻于文坛。英国读者之接触卡夫卡，始于缪尔夫妇合译的《审判》和《城堡》。一九四五年，二次大战甫告结束，缪尔奉派去捷克的首都布拉格，担任英国文化协会的工作，历时三年，又于一九四八年去罗马的同一机构任职两年。一九五五年，任哈佛大学诺顿讲座教授（Charles Eliot Norton Professor）一年。

缪尔有好几首杰出的政治诗，例如用无韵体写的《好镇市》（*The Good Town*）和后面的这首《审问》（*The Interrogation*），都可以列入所谓冷战的年代最佳的政治文学。《好镇市》中恐怖统治的描写，人性压抑的分析，直追乔治·奥威尔的小说。《审问》一诗则表现现代人民面对集权官僚制度的无依无助。这原是卡夫卡小说中典型的主题，但加上缪尔的布拉格经验和西柏林围墙的阴影，更显得切题而突出。诗中的意境似真似幻，由于不具地方色彩和现实的细节，更提升到了寓言的境界。

在《自传》的第十章“英国与法国”中，缪尔如此批评共产主义：“当时我并未感到要做共产主义者的诱惑，因为在二十多岁时我早已做过社会主义者，那时我们念念不忘的，不是阶级斗争和革命，而是人道和博爱。当时我已经研究过共产主义的理论，只感到格格不入。把历史当作阶级之间不休不止的仇恨，似乎是一个空洞的观念，正如一盘古怪的机器那样，除了本身之外，并不能说明什么。鼓动我把阶级仇恨扇成革命的烈焰，这样的福音只能算是一套暴力的理论，为了把贫穷的男男女女变成面目模糊的单位，唯一的希望之外别无希望，唯一的欲望之外别无欲望……要用虚伪的想象去恨一整个阶级，很容易；要用真实的想象去恨一个人，却很难。”缪尔以基督先知的博爱精神来批评共产主义的阶级仇恨，他的作品正如奥威尔的小说，对我们这时代的意义，远比海明威和乔伊斯更为切题。

缪尔虽然关心政治与社会，他在诗中却企图在当代的时事和纷争之外，追寻更深的原型的神话和象征。他的最佳作品时或充溢悲哀的情绪，但篇终往往恢复安详与平静，在纷纭的故事背后呈现永恒的寓言。诸如《禽兽》（*The Animals*）、《负债人》（*The Debtor*）、《马群》（*The Horses*）等诗，都呈现一种神秘感和圣经式的庄严。在《负债人》中他说：

> 我是负债人，对一切；对一切我感恩，
> 对人和兽，季节和冬至夏至，黑暗和光，生和死。

这种胸怀属于基督教的先知和温柔敦厚的传统主义者，虽然不如叶芝的遒劲或布莱克的饱满，却能寓沉毅于和平，另有一种不移不拔的精神。

在诗体上，缪尔兼工句短而分段的格律诗和大起大伏的无韵体（blank verse）。以后有暇，当译介缪尔更多的作品于国内的文坛。在英美现代诗坛，缪尔的辈分与艾略特、庞德等人相当，但在诗风上独来独往，很少受到国际上所谓现代主义运动的影响。这样子的独行侠实在不多，远居西班牙的格雷夫斯（Robert

Graves）是另一例外。这种我行我素的作风，说明了缪尔的诗何以成名最晚。实际上，缪尔自己出道也较迟，他的重要诗集《迷宫》直到一九四九年才出版，那时他已经六十二岁了。缪尔的诗名在身后有增无减，显然已通过了时间的考验。一九六三年，奥斯卡·威廉姆斯把他收进《英国大诗人选集》（*Major British Poets*）；一九七〇年，桑德斯、纳尔逊、罗森塔尔三人合编的《英美重要现代诗人》（*Chief Modern Poets of Britain and America*）也列了缪尔的作品。一九七三年，再版的《世界文学读者手册》（*The Reader's Companion to World Literature*）这样介绍缪尔："尽管他的声名不是天下皆闻，他却是一位重要的诗人与卡夫卡小说的译者。他的诗异常优美而纯净，艾略特说缪尔在'有话要说的时候，几乎在毫不经意之间就找到了恰如其分的一字不易的说法'。"

缪尔的散文也颇有地位，他的《自传》读者甚多。哈拉普英国名著版的《现代散文选集》（*A Book of Modern Prose: Harrap's English Classics*），十四家散文之中便列了缪尔《自传》的一节。真希望国内的翻译高手能译出这部《自传》，因为此书不但是一部散文佳作，也有助于了解缪尔写诗的背景。

一九七七年七月于香港

马群

催眠全世界的那场七日战争
爆发后才十二个月，
迟暮时分，来了那奇异的马群。
那时，我们和静谧早生了默契，
但起初那几天那样死寂，
听着自己的呼吸都害怕。
开战第二天，
收音机全失灵；扭动开关；没有下文。
第三天有艘军舰驶过，航向北方，
尸体堆叠在甲板上。第六天，
一架飞机掠过头顶，冲进了海波。之后
只剩下虚无。收音机全哑掉，
却依然守在厨房的角落，
也许还守在百万间房里，全都开着，
在世界各地。但现在即使它们要开腔，
即使忽如其来它们要开腔，
即使钟敲正午时一个声音要开腔，
我们也不愿意听，不愿意让它召回
巨口一咽，刹那就吞下自己子子孙孙的
从前那坏世界。我们不愿再召回。
时或，我们想起列国都沉睡，
在紧闭的忧伤里蒙蒙蜷伏，
那想法多怪异，令人心乱。
拖拉机散布在田里；一到黄昏
就潮湿像海妖偃卧在窥伺。
我们才不去理会，让它锈掉：
“会烂掉的，像所有的泥土。”

久弃不用的锈犁，我们用牛
来曳耕。我们已经走回头，
越过先人田地。
终于那天黄昏，
那年夏末，来了那奇异的马群。
先听见一阵遥远的轻叩敲着大路，
然后更沉更重的锤打；停住，又响起，
到转角的地方，变成深邃的雷霆。
我们看那许多马头
像一排狂潮袭来，令人吃惊。
父亲那一代家里的马匹早卖掉，
去买新拖拉机。我们看马已陌生，
像古盾牌上雕刻的神骏，
或是骑士书里的那些插图。
我们不敢去亲近。马群守望着，
又固执又怕生，像有道古代的命令
派他们来找寻我们的下落，
和丧失太久的那古老的相爱相亲。
最初，我们完全没悟到
这些是可以领来驱遣的生命，
这里面，还有近半打的幼驹，
残缺的世界里，被弃于荒原，
却清新如来自他们的伊甸。
从此他们为我们牵犁，负重，
但那种自由的劳役迄今犹令人心醉。
生命已改观：他们的光临是我们的新生。

——一九五六年

评析 缪尔的这一首《马群》是他的代表作，也是现代诗中罕见的精品，罕见，是因为它不但文字上朴素而自然，主题上也透露出喜悦和希望，不仅仅止于对现代文明的批判。在这首小型的叙事诗里，缪尔的叙述手法干净而且生动。篇首战争的描写着墨无多，却明快深刻。战后的死寂感和等待的悬宕，确够恐怖。这一切，和篇末马群之来的由惊而奇，由奇而喜，而终于在大劫后萌发出的一片感恩与新机，形成分外鲜明的对照。几年前初读这首诗，到马群出现时，即感到一阵奇异的震撼。现在再三读来，虽不若初次猝遇时那么强烈，但感受仍然是深的。

缪尔出生在苏格兰的奥克尼群岛，从小就爱上岛上农家的马，可是这首诗里的马群，除了家畜耕田和负重的实用价值之外，更有曲传神谕之功，宗教的境界甚高。出现在缪尔作品中的马，总带着一种神话的气氛。就天人合一的境界来说，缪尔和另一位现代诗人，迪伦·托马斯，颇可相通。就科学小说的预言说来，这篇浓缩成诗的科学小说，令读者想起温德汉姆（John Wyndham）和克里斯托弗（John Christopher）的作品。

审问

我们原可穿过公路的，却迟疑了一下，
便来了那巡逻队；
那队长仔细而认真，
兵士则粗鲁而冷漠。
我们站在一旁等待，
审问便展开。他说一切
要从实招来，哪，我们是什么人，
从什么地方来，有什么企图，
什么国家或集团我们效忠或出卖。
问来又问去。

就这么别了一整天，我们站着回话，
看路对面篱笆的那边
逍遥的情人们一对对走过，
手牵着手，徜徉于另一个星球，
好近啊，简直可以向他们呼喊。但此地
答话和行动都不由我们做主，
尽管逍遥的情人们依然踱过去，
而无情的田野就在面前。
我们已濒于极限，
耐力几乎已耗尽，
而审问依然在进行。

——一九四九年

评析　　此诗灵感来自西柏林之围墙及原作者对东欧共产党统治之观察。

负债人

我是负债人，对一切；对一切我感恩，
对人和兽，季节和冬至夏至，黑暗和光，
生和死。死者的背上负着，
看啊，负着我，被引上迷失了的使命，
被食尽的秋收所抚养。向忘了的神。
作忘了的祷告，亦降福于我。
锈箭与断弓，看啊，都将我保卫，
此地，就在此地。未陷的城堡
陷入地层，以年代陷入时间，
缓缓地，以全部坚定而守望的战士
保我此刻的安全。远古的流水
将我涤清，使我苏醒。胜者和败者
皆予我以热情，以和平，以战场。
忘川畔的牧野笼我以幽光。
死者在肃然无声中长忆着我，
将我拘留。对一切我都感恩。

评析

忘川(Lethe)，希腊神话中冥府河名。新死的人往冥府，将返人间投胎的幽灵离开冥府，皆饮其水而遗忘过去。

禽兽

它们不住在这世上，
不住在时间与空间，
自生命投入死亡，
一个字也没有，没有
一个字可以驻脚。
从不在任何地点。

因文字从虚空呼出
呼出了一个世界，
用文字形成，围住——
线和圆和方块
翡翠石和泥土——
救出，自欺人的死寂，
以有声的嘘息。

但这些禽兽从未
两次践熟悉的道路，
从不，从不走回去，
回到记忆中的日子；
一切都好近好新奇
在恒久不变的此地，
神底伟大的第五天，
将永远如此保存，
永远也不会消逝。

第六天，才出现我们。

——一九五六年

评析 《圣经·创世记》说，上帝第五天造万兽，第六天造人。上帝说：让光诞生，乃有世界。人类创造了语言文字，乃可能整理记忆，积成历史，形成文化。唯万兽绝少进化，更无文明，似乎亿万年来仅是一天，仍是当日上帝创世记的第五个大日子。所以缪尔说："一切都好近好新奇。"至于"翡翠石和泥土"的意象，可以参阅马拉美的十四行和艾略特的诗《焚毁的诺顿》中的一句："泥中的大蒜和蓝宝石。"

苍茫时刻

——余光中

温柔的黄昏啊唯美的黄昏
当所有的眼睛都向西凝神
看落日在海葬之前
用满天壮丽的霞光
像男高音为歌剧收场
对我们这世界说再见
即使防波堤伸得再长
也挽留不了满海的余光
更无法叫住孤独的货船
莫在这苍茫的时刻出港

迪伦·托马斯

Dylan Thomas

不要温和地走进那个良夜，
老年应当在日暮时燃烧咆哮；
怒斥，怒斥光明的消逝。

仙中之犬

迪伦·托马斯是（二十世纪）四十年代英美诗坛最引人注目的青年作家。他的骤然崛起，他的狄俄尼索斯式的狂吟，他那种反艾略特的强烈抒情意味，他的波西米亚式的生活和夭亡，生前的生命和身后评价上的分歧——这一切，在现代诗坛上，都是罕见的。

迪伦·托马斯的所以异于他的同侪，一部分要归因于他的乡土背景。他是威尔士人，一九一四年十月二十七日诞生于威尔士的海港斯旺西（Swansea）。斯旺西的直译是“天鹅海”；后来，海也就成为他作品中意象的一个宝库。其实他的名字“迪伦”，在威尔士语言中就是“海”的意思。（有些人将“迪伦”误念成“戴伦”。）

虽然托马斯的父亲是一位英文教员，小托马斯自己却仅仅受过中等教育。他曾经做过记者、演员、播音员，也写过电影脚本和广播剧。一度他想从军，但不合标准，旋入英国广播公司工作。

廿二岁，和麦克纳马拉小姐结婚，生了三个孩子，住在一个渔村上。他们的房子就叫“船屋”，因为它是渡船码头改装成的。

从一九五〇年到一九五三年，托马斯曾三度访美。在美国，他到处诵诗，或诵己作，或诵前人作品。由于他音色纯美，音量宏富，加上一种狂放的表演天才，他的朗诵非常成功。许多平素不肯接受现代诗的听众，在他催眠的魔力下，皆欣然进入他那独特的世界。他诵诗的录音片也非常畅销。

托马斯在纽约时，最喜欢第三街。他经常出没于水手聚集的酒吧，一家接一家地喝过去，有时彬彬有礼，有时陶然酩酊。往往，他只饮白兰地泡生蛋，充作早餐，有时只饮啤酒。一说他酷嗜巧克力糖条，又喜读骇世奇书以忘忧。这样起居无常，纵饮无度，当然严重地影响了他的健康。所以他自述三十五岁时的情况说：“苍老而小，黑褐褐的，很灵，有一种射来射去，傻愣愣的，神经质的眼神……落发而且落牙。”第三次访美时，他接受斯特拉文斯基的邀请，正要去那位音乐家加州的寓所，合编一个歌剧，同时他刚度过三十九岁生辰，《托马斯诗集》也极受欢迎，这时他竟病倒了。一九五三年十一月九日，他因脑瘤不治逝世。身后，有关他的回忆录及批评与日俱增。他的太太凯特琳·托马斯（Caitlin Thomas）写的回忆录《以了余生》（*Leftover Life to Kill*），是一篇非常坦率的自白。此外尚有布列宁（J. M. Brinnin）的《迪伦·托马斯在美国》和特里斯（Henry Treece）的《迪伦·托马斯：仙中之犬》（*Dylan Thomas：Dog among the Fairies*）。

迪伦·托马斯的作品，包括五本诗集：《十八首诗》《廿五首诗》《爱的地图》（*The Map of Love*）、《死与入口》（*Deaths and Entrances*）和《野眠》（*In Country Sleep*）；一本散文诗剧：《牛奶林下》（*Under Milk Wood*）；一本自传《艺术家充幼犬的肖像》（*Portrait of the Artist as a Young Dog*）。此外，他还用散文写了许多想入非非的讲稿，题目都很奇幻，例如：《拜金狂的夜莺以诗人之目观纽约》（*A Bard's-Eye View of New York by a Dollar-Mad Nightingale*）便是一例。

托马斯的诗，在主题上，恒表现童年、性的活力、宗教的困惑，和死亡；在意象上，富于超现实主义的大胆与繁富。《圣经》、弗洛伊德、威尔士的民俗与布道，是他灵感的主要泉源，而威尔士的山与海，果园与渔村，则成为他诗中的自然背景。他诗中的萦心之念和信仰，是万有生命的统一，也即死以继生死后复生的持续过程。生命因万态各殊而分，但在生与死的过程中与宇宙合为一体，是以人与自然，往昔与现今，生与死，皆汇入宇宙之大同。面对死亡的托马斯，一遍又一遍地加以赞颂的，正是这种合一的感觉。

托马斯的意象，极鲜明与缤纷之能事。他以强烈的本能拥抱生命，且以孩童的感官去经验这世界，因此他的意象往往洋溢一种原始的力量，且超越文化的意义。例如“摇尾巴的时钟”“羔羊白的日子”“天蓝色的行业”“海湿的教堂”“褐如夜枭的古堡”“蚝塘满地苍鹭僧立的海滩”等意象，往往恍若孩童眼中所见的第一印象，令人掩卷不忘。可是这些突出的意象，有时喧宾夺主，竟遮断了主题与意义的脉络，乃演成有句无篇的局面。加上文法和标点上的武断的安排，这种情形，使托马斯的诗以晦涩著称。例如《不甘悲悼伦敦空袭时烧死的一女孩》（*A Refusal to Mourn the Death, by Fire, of a Child in London*）的前几行：

Never until the mankind making
Bird beast and flower
Fathering and all humbling darkness
Tells with silence the last light breaking
And the still hour
Is come of the sea tumbling in harness……

如果把省去的标点都补上，像下面那样，就易解多了：

Never until mankind-making,
Bird-beast-and-flower-
Fathering, and all-humbling darkness
Tells……

有一个奇怪的现象，便是，托马斯的诗，在意象和意义上虽然显得深奥艰涩，在听觉上却呈现透明的状态。他的句子，在高声诵读（尤其是由他自己朗诵）的时候，似乎具有一种超意义的说服力；即使你尚未“看”懂，至少也会“听”懂了。这种超意义的感染力，已经接近音乐，难怪诗人兼艺术评论家里德（Herbert Read）说他的诗是“我们当代最纯粹的诗”。可是，如果我们以为托马斯的诗是所谓自由诗，那就大错了。托马斯的节奏，在轻重音的起伏错落上接近霍普金斯，在宏富而持续的律动上，则继承莎士比亚以迄叶芝的英诗传统。在脚韵、头韵、半谐音、邻韵等的微妙安排上，他已超越了欧文和奥登，学会了一种音律的“障眼法”。仔细分析他诗中的节奏和音律的秘密呼应，我们不难发现，托马斯实在是一个非常严谨的技巧大家。

一位作家，如果生前享誉太隆，死后往往情况逆转，会扬起批评家们喝倒彩的声音。丁尼生是如此，艾略特是如此，迪伦·托马斯也是如此。在生前，托马斯是记者猎取新闻的焦点。同时代的作家们公认他是最伟大的抒情诗人。前辈女诗人伊迪斯·西特韦尔（Edith Sitwell）说：“一个诗人升起了，他展示伟大的一切征象。无论在主题上或结构上，他的诗都是宏大的。”斯彭德的意见比较保留，他认为，托马斯的作品到一九四三年以后才臻于成熟。他说：“迪伦·托马斯是这样的一个诗人：关于他，我们有时候可以使用‘天才’这个字眼。”当艾略特君临英美诗坛而知性主义风行一时，托马斯将感性和原始的冲动带回诗坛；当青年诗人下笔莫不老气横秋，开口莫不期期艾艾，闪烁其词，托马斯却以高亢洪大之声赞美生命与童年；当现代诗人都委委屈屈躲在摩天楼的阴影下埋怨工业社会的无情，托马斯却把现代诗带到空旷而活泼的自然。在四十年代，他的诗催生了摹仿他的所谓“天启派”（Apocalyptic School），另一方面，在反对艾略特的批评家手里，也顺理成章地做了攻击奥登的利器。不满托马斯的批评家们，则指出他的诗往往不能把握中心思想的进展，也往往太放纵幻想，且散漫无度。另一些论者又指责他欠缺道德感与现实感，或谓他效颦乔伊斯繁富的文体，但太耽于文字的感官作用，太沉溺于文字游戏。我们也许仍难确定迪伦·托马斯是否能以大诗人传后，不过，谁也不能否认，在他最成功的作品里，托马斯实在是一位富于创造而活力充沛的抒情诗人，正如他在一首短诗的末二行所说的：

朝那原始的市镇的最终方向，
我恒前进，如永远一样恒长。

而死亡亦不得独霸四方。
死者赤身露体，死者亦将
汇合风中与落月中的那人；
等白骨都剔净，净骨也蚀光，
就拥有星象，在肘旁，脚旁；
纵死者狂发，死者将清醒，
纵死者坠海，死者将上升；
纵情人都失败，爱情无恙；
而死亡亦不得独霸四方。

而死亡亦不得独霸四方。
在曲折且蜿蜒的海底，
死者久卧，不死在风里；
刑架上挣扎，肌腱松懈，
系在轮上，死者不断绝；
信仰在手中将断成两半，
独角兽的罪恶将死者贯穿；
百骸破碎，死者不开裂；
而死亡亦不得独霸四方。

而死亡亦不得独霸四方。
不再有海鸥向耳畔嘶喊，
或是浪涛嚣嚣地拍岸；
花曾开处，不再有花瓣
举头迎接敲打的骤雨；
纵死者既狂且毙如铁钉，

人颅如锤锤穿了雏菊；
曝裂于阳光，直到太阳飞迸，
而死亡亦不得独霸四方。

评析 本诗的题目"而死亡亦不得独霸四方"，来自《新约·保罗致罗马十书·第六章》。本诗共为三段，分自三种观点来处理人之不朽的主题。第一段描写天国，在死亡的观念上却是柏拉图和基督教的融和。第二行至第五行各行，颇有雪莱的意味；第二第三两行表现的是柏拉图式的"复合于一"的思想；第四第五两行似乎也脱胎于雪莱，尤其是他追悼济慈的那首名诗《阿多尼斯》中对济慈死后的种种期许。充满了谐音和字谜的第三行：

With the man in the wind and the west moon

似乎影射雪莱的《西风歌》，特别是开篇的第一行前半（O Wild West Wind）。With the man 和 west moon 尤其扑朔迷离，谐音在有意无意之间，要翻成中文，简直是奢望。第七行在一行之中融和了三个典故：第一，诗篇第二十三；第二，马太福音十四章所言基督与圣彼得联袂行水上一事；第三，弥尔顿悼亡友爱德华·金诗《利西达斯》所言，爱德华·金虽沉海底必升天国之事。第八第九两行以基督教神爱长在思想作结。

第二段描写地狱。所谓“死者久卧，不死在风里”即指地狱中的幽灵不得升天，仍是响应第一段第三行的意思。第二段中各种酷刑令人想起天主教宗教裁判的刑罚。末行的叠句在此产生了新的意义，似乎在说：死亡只是一个过程，唯地狱的惩处是永恒。

第三段摆脱了死亡的道德意义，将主题带进了死亡的物理现象，且申述“能不灭”的物理定律。人的躯体埋在地下，腐朽之后，以另一种生命的形态出现，可以说真是名副其实地“人颅如锤锤穿了雏菊”。物质一旦不灭，这种“同能易形”的循回作用即永永持续不断。

是以迪伦·托马斯在本诗中否认了死亡是生命的结束的思想，复就精神和物质两方面加以诠释。康诺利（Thomas E. Connolly）有一篇文章，发表在一九五六年二月份的《诠释者》(*The Explicator*)，论本诗甚详。

透过绿色引信催生花卉的力量

透过绿色引信催生花卉的力量
催生了我的青春；而摧残树根的
也毁灭我的生命。
我的哑口也不能告诉歪曲的玫瑰
说我的青春也同样被冬之高烧压弯

催流水穿过岩石的力量
也催动我的红血；它吸干滔滔流水
也将我的血变成了蜡。
我哑口无言对我的血管
说相同的山泉被嘴吸干。

把溏中之水搅成漩涡的手
也搅动着流沙；系住狂风的手
也挽住了我寿衣之帆。
我哑口不能告诉上吊的人
说我的肉身是吊刑吏的圈套所造成

时间之唇如水蛭吸着泉源
爱滴水而聚，但血滴下
却能平复她的伤口
我哑口，不能告诉风信鸡之风
时间如何绕着星空滴答着天堂

我哑口，不能告诉情人的坟墓
我的尸布上也爬着狡诈的毛虫

二十四岁

二十四岁提醒我眼泪莫忘了眼睛。
（埋掉死者，怕他们走到坟墓太辛苦。）
造化之门的鼠蹊内我伏地如裁缝，
为远行缝一件寿衣，
就着肉食的太阳光线。
披衣就死，肉身的健步开始，
我的血红管带足钱币，
朝着原始之镇的终极方向
我前进，永恒有多久就走多长。

蕨山（Fern Hill）

当时我年轻而自在，苹果遮头，
绕着轻快的屋子，快乐如青草，
　夜在谷顶闪着星星，
　　时间让我欢呼而攀爬
　他的眼神盛年如黄金，
货车之间有美名，人称苹果城王子；
曾经我自豪地将树和枝叶，
　　拖着雏菊和大麦，
沿着天光吹落的河水。

我正青春不羁，名扬各仓库，
畅游院落，欢唱以农庄为家，
　晒只年轻一次的阳光，
　　时间让我游戏，
　在他丰富而仁慈，
年轻又光灿之中，我是猎人兼牧人
犊牛回应我猎角，狐狸在山上吠得多
清冷，
　　安息日的钟声缓敲，
　川流过圣泉的卵石。

流过有阳光的日子，真可爱，干草
田高与屋齐，烟囱有音调，总是
　通风而游戏，可爱而多水
　　火色青如草
　每夜在单纯的星空下，

我下马就寝，猫头鹰就把农庄搬走，
有月光的夜里，幸而在马厩中，纹母鸟
　　正带着禾墩飞来，而马匹
　　　正一闪入黑夜。

然后醒来，农庄像流浪汉，一身白露，
　回来，肩上停着公鸡；真是
　耀眼，简直是亚当夏娃，
　　天空又在密布，
　就在那天太阳变得圆满
单纯的光诞生后必是如此
在太初，旋转之地，着魔之马走得身暖
　走出长嘶的绿厩，
　　去到赞美之田野。
扬名于狐狸与雉间，在快乐屋旁
在新造的云下，心有多久喜悦就多久，
　在生了又生的阳光，
　　我奔自己无拘的道路
　愿望急奔过高与屋齐之干草堆
什么都不在乎，只有天蓝的行业，时光
在悦耳的转动中只容得恁少的晨歌
　然后让又青又金的孩子们
　跟他领尽了神恩

我无所烦心，在羔羊白的日子，只要时光
牵着我手的影子，上去多燕子的阁楼，

在不断上升的月光中
也不管我下马待睡
会听见他挟高田而俱飞
醒来发现农庄已远别失去童年之地。
哦当时我年轻自在，享受他富裕的慈善，
时光擒住我年轻而垂死，
尽管我戴着镣铐而唱，如海洋。

——一九四六年

不甘哀悼伦敦一女孩死于火灾

除非造出了人类
生出了鸟兽与花木
之父，和君临一切的黑暗
无声宣告最后的光之绽开，
而寂静的时辰
已降临，带海潮万马翻滚，

而我必须重入水珠
浑圆的教会，
和玉米秆上的集会
我才会让声音的影子祈祷，
或者播我的咸种，
在麻布的细谷中致哀

与庄严的焚死之童，
我才不会扼杀
用坟墓的真相扼杀她的人生
也不会沿着元气的各站
来冒犯她，
用天真与青春的更多挽歌。
深卧在最早死者中是伦敦的女儿，
裹在长久的朋友之中，
年代不明的天性，母亲黑暗的静脉
隐藏在泰晤士滚滚的
没有悲情的水边。
最初的死亡后，更无其他

——一九四六年

我阴郁的艺术

我的行业，我阴郁的艺术
在寂静的夜里独自进行，
只有魅月在户外猖狂
而情人们都睡在床上，
拥抱着他们全部的悲愁；
我工作，向着歌咏的光芒，
不为雄心，也不为面包，
不为阔步，不朗念符咒，
在象牙砌成的舞台之上，
我所要求平凡的酬劳
是情人们最最秘密的内心。

向飞溅着蓝色的稿纸
我写诗，不为那自负的
那无关疯狂之月的人，
不为那些巍峨的死者
和他们的那些夜莺与颂诗，
只为了情人们，情人张臂
将千古的悲凉抱在怀里，
但不会赞美也不会酬付
我的行业，我阴郁的艺术。

评析 本诗在短句的运用和韵脚的交错上，显然受到叶芝的影响。译文未能传神，终是憾事。在某种意义上，本诗对于叶芝的《航向拜占庭》似乎是一个回答。在《航向拜占庭》中，叶芝有意要超越“年轻人在彼此的怀中”的现实世界，而进入永恒不灭的艺术世界，也就是说，要超越生命之变而把握艺术之常。在《我阴郁的艺术》中，托马斯认为相拥的情人才是艺术的中心经验，诗人的任务便是去发掘这种经验的秘密并把握这种经验的意义；然而诗是一种吃力不讨好的行业，因为尽管诗人置爱的经验于一切世俗的名利之上，一般情人并不能欣赏他的艺术，也不会感激他的苦心。八、九两行似乎有影射莎士比亚《麦克白》中谓人生如演员昂首阔步于舞台之意。“象牙的舞台”应系“象牙之塔中的舞台”之省略，乃是托马斯拿手的惯技。

上山

——余光中

相偕登山的
是一伞，一杖，一老僧
才抵山腰
伞已化成
天清地爽，好一阵冷雨
雨停失杖
纵横乱石
一根千岁的古藤
垂下去，垂，隐隐
雨后钓深谷的水声
走到山顶
怎么才一回头
竟浑不见僧，到底
是山失了僧
是僧失了山
到底是怎样下的山
有没有山
要不要下山
甚至有没有山
问来问去
雾里云里
没有一只鸟说得清

一九七二年十月十四日

艾米莉 · 狄金森

Emily Dickinson

我的生命关闭过两次才关上；
现在还需要等待
看永恒是否还会再开启，
让第三件大事揭开：

闯进永恒的一只蜜蜂

从文学史的意义上看来，有些诗人似乎生得太晚，例如罗赛蒂（C. G. Rossetti）和米莱（Edna St. Vincent Millay）；有些诗人又似乎生得太早，例如约翰·邓恩、霍普金斯和狄金森。女诗人狄金森生前隐名发表的作品，一共不过二至五首（一说有七首），这当然不能使作者成名，更谈不上有多少影响。实际上，即令她生前将自己多产的作品全部发表，恐怕也不会就此成名，也许结果只能享有爱伦·坡那种毁多于誉而且蹇滞不伸的微名。

十九世纪中叶的美国诗坛，原是朗费罗、惠提尔一类诗人的天下；当时的读者所欣赏的，大半是一些主题单纯，表现直接，韵律轻浮，且寓有教训意味的伪浪漫诗。真正杰出的诗人，如惠特曼、爱伦·坡、狄金森，反而默默无闻。惠特曼要等到二十世纪初年，才成为影响国际诗坛的大师。爱伦·坡要等法国人先去发掘，才被美国人所承认。狄金森的声誉纯然是身后之事。从一八九〇年（她死后四年）到一八九六年，托德夫人（Mabel

Loomis Todd）和《大西洋月刊》编辑希金森（Thomas Wentworth Higginson）合编并出版了三辑《艾米莉·狄金森的诗》。但是直到一九二四年，名诗人艾肯所编的《狄金森诗选》出版，这位女诗人才引起英美诗坛的普遍注意。

惠特曼和爱伦·坡都必须自力谋生；对于爱伦·坡，写作甚至是生活所赖。狄金森比他们幸运得多了。她生于美国马萨诸塞州的阿默斯特镇（Amherst），祖父是阿默斯特学院的创办人，父亲是名律师，国会议员，并担任该学院司库达四十年。艾米莉（即狄金森）的妹妹拉薇妮亚（Lavinia）亦终身不嫁，她的兄弟奥斯汀（Austin）则因娶了一个"庸俗的"纽约女孩而拂逆了父亲的意思。据说她的父亲相当严厉，不过家中来往的倒都是文化界的名人，包括爱默生。

又据说狄金森在少女的时代，曾是阿默斯特社交界的宠儿，活泼，窈窕，而且秀丽。关于她在爱情方面的挫折，近数十年来，各家的揣测很不一致。一说她在二十岁以前可能和她父亲律师事务所的助理本·牛顿（Ben Newton）相爱，可惜牛顿太穷，而且在她二十三岁那年便生肺病死了。第二年去华盛顿省视正在国会开会的父亲，在费城见到沃兹沃思牧师（Rev. Charles Wadsworth），甚为倾慕。回到阿默斯特以后，据说已有太太的沃兹沃思还不时去看她，直到一八六二年他奉教会派遣西去加州为止，而她的诗创作却从那年开始。后来狄金森在诗中曾说：

我的生命关闭过两次才关上；
　现在还需要等待，
看永恒是否还会再开启，
　让第三件大事揭开……

这第三个事件似乎永远不曾来到，因为从此她深居简出，绝少离开阿默斯特的故宅，而且独身以终。这当然并不意味她是一个落落寡合的老处女。其实，她与文友之间还是颇有往还的；例如历史小说《蕾蒙娜》的作者，有名的杰克逊夫人（Helen Hunt Jackson），和前面提到的希金森，都是她这方面的相知。死前的两年，狄金森过的是一个病人的生活，心智也已衰退；终于在一八八六年五月十六日逝世。

一位涉世不深的老处女，竟能写出这么瑰丽炽烈的诗，这件事，常使论者感到难解。实际上，这并没有什么奇怪。一位诗人对于经验的吸收，最重要的是思之深，感之切，加上想象的组合作用，而不必一定要出生入死，历尽沧桑。像乔叟、弗农等诗人，阅世固然很深，但是也有像济慈那样入世尚浅的心灵，能臻于大诗人之境的。诗人的生活，主要是内在的生活；诗人的成熟，主要是感性和知性的成熟，以及两者的适度融和。十九世纪英美诗坛上，几个最杰出的女诗人，都是老处女。可能因为孤独的生活，更能促进女性心灵的成熟吧。勃朗宁夫人似乎是一个例外，可是如果当时勃朗宁不闯进她的生活的话，恐怕她也会和艾米莉·勃朗特、克丽丝蒂娜·罗赛蒂、狄金森一样独身以终的，因为，和勃朗宁私奔的那年，她已经四十岁了。

狄金森的内在生活，是异常丰富的。在物质和地理的意义上，她的天地似乎很狭隘，可是在形而上的想象和对于宇宙万物的观察与同情一方面，她的天地是广阔无垠的。泰特曾谓，她的敏悟可以直追约翰·邓恩；像约翰·邓恩一样，她的心灵能将形而上的（metaphysical）和感官上的（sensorial）经验熔于一炉，成为一个高度综合的经验。又说她能像约翰·邓恩一样，“感受抽象的事物并思索感觉的状态”（perceive abstraction and think sensation）。这正是现代诗人们认为约翰·邓恩值得效法的地方，也是他们据以反对浪漫派敏于感受而忽于思索的理由。狄金森既亦表现同样综合的经验，无怪她的诗要受到二十世纪的欢迎。

我甚至认为，在对于自然的观察和同情一方面，狄金森似乎比约翰·邓恩更细腻，更敏锐，也更活泼动人。也许由于她是女性，许多纤弱、隐秘或羞怯的小动物小植物，似乎特别能赢得她的关切。蜜蜂、蝴蝶、蚯蚓、蟋蟀、老鼠、知更鸟，在她的诗中都具有人的灵性；而雏菊、野菌、苜蓿、蒲公英等植物，又都具有动物的性格。而无论那生命的状态为何，在她的催眠术之中，总带有一种似真似幻的幽默感，和一种奇异的超现实感。非但如此，无生命的事物，大而至于日月星云，小而至于一片阴影，一抹彩色，冥顽无知而至于一辆火车，一条鞭子，在她的诗中，都成为生趣盎然的角色，担负着或重或轻的戏剧任务。在那个世界里，黄昏像“即欲离去的客人”，阴影会“屏住呼吸”，报纸像“松鼠赛跑”，上帝燃星，“守时不爽”，鸟的转睛有如“受惊的小珠子”，青苔“爬到了（死者）唇际”，火车吼叫如牧师传道，霜是“金发碧眼的刺客”，地平线“举步远行”。

可是狄金森最典型的诗，还是那些处理抽象观念的作品。生命、死亡、爱情、永恒、悲哀、欢愉、真理、美，都是她经常处理的主题；其中死亡尤其是她的萦心之念，许多作品再三探索的，无非是死亡的过程，死后的情形和死亡的意义。关于感情，她所探索的，往往是极端的痛苦和喜悦，也就是无形的地狱和天国。她的诗中经常出现 agony、suffering、pain、ecstasy、exultation、transport 这些字眼；在这方面，她实在是浪漫的，而且颇接近雪莱和布莱克，只是她不像雪莱那样欠缺现实感，也不像布莱克那样念念不忘罪恶。和许多浪漫诗人一样，狄金森对于死亡表现近乎病态的神往和迷恋；不同的是，她对死亡更做知性的探索，不仅是沉溺于一种幽邃徜徉之境。拿克丽丝蒂娜·罗赛蒂那首有名的《当我死去，至爱的情人》和狄金森的《因为我不能停下来等待死亡》做一个比较，立刻可以发现，前者是纯浪漫而且纯抒情的，但后者则富于形而上的玄想和繁复的矛盾性，而且也比较戏剧化，能把握生死变化的过程。在狄金森的这一类诗中，作者真能做到泰特所说的：“感受抽象的事物并思索感觉的状态。”对于狄金森，“喜悦是一条内陆的灵魂，欣然奔向海口”；“许多疯狂原是最神明的意义，对于了解的眼睛”；“我能够涉过悲伤，整整的一汪又一汪”；“饥饿是一种方式，属于窗外的人们，进门之后就消逝”；“死的一击等于生的一击，对那些临死才活过来的人”；“离别是我们所知于天国，也是所求于地狱”。

狄金森的诗就是这样；充溢着智慧，但是不喋喋说教；充溢着感情，但是不耽于自怜；富于感官经验，但是不放纵感觉。二十世纪初年盛行于英美诗坛的意象主义，倡导明晰而尖新的意象，颇有师承狄金森的味道，可是意象派诸人的作品往往沦于为意象而意象，只能一新视觉，不能诉诸性灵。狄金森的意象，无论多大胆多活跃，却是针对主题而发的；它紧扣住主题，并不脱缰而去，或演成喧宾夺主。这正是狄金森所以超越意象主义和超现实主义的地方。

狄金森的诗之所以引人入胜与发人深思，在于她想象的本质和表现的方式，都是呈对比（contrast），反喻（irony）或似反实正（paradox）的形态，在于她的譬喻往往隐喻（metaphor）多于明喻，而叙述往往采取较为跳跃的省略法（ellipsis）。大诗人最能发现生命的相对性甚至矛盾性，也最善于用令人难忘的异常简洁的方式把它呈现出来，且加以调和。狄金森诗中俯拾皆是的句子，像“神圣的创伤”“美妙的痛苦”，像“主啊，请赐我阳光的心灵，承受你劲风的意向”“许多疯狂原是最神明的意义”“离别是我们所知于天国，也是所求于地狱”等，都是很好的例子。以“离别……地狱”两句为例，我们所知于天国者，唯离别而已，事实上等于一无所知；我们所求于地狱者，亦莫非离别，事实上等于一无所求。反过来说，我们所知者，唯地狱，而所求者，唯天国；也就是说，我们所知者令我们痛苦，求其去而不可得，我们所求者令我们失望，求其不去而不可能。这种近于自嘲的反喻，原可无限地引申下去，可是狄金森只说了这么两句，表面何其洒脱，事实上又何其沉痛。

狄金森作品的形式，除了少数的三行体或不分段的作品，其余一律是所谓“童谣”（nursery rhyme）的体裁。这种童谣体通常一段四行，一、三两行各为八音节四重音，二、四两行各为六音节三重音，行末押韵。这种体裁对节奏的要求是活泼，对句法的要求是简洁；它不可能负担“抑扬五步格”的稳健或是“无韵体”的开阖吞吐。结果是狄金森的诗明快迅疾，发展咄咄逼人，务求速战速决，作闪电式的启示，像对你掷来一封每个字都是必要的紧急电报一样。一位作家的长处，往往也就是他的短处。狄金森将这么丰富的经验，压缩在这么紧迫的形式之中，密度固然大增，格局就不免显得小了一点。尽管在这种小格局里，狄金森已经穷极变化，例如一、三两行多用阴韵（feminine rhyme），抑扬格每加变调，字的省略，顿（pause）的前后挪动和待续句的运用等，但这种童谣体毕竟是一个限制。相形之下，惠特曼太松散，爱伦·坡太刻板，但是两位同时代的诗人，在格局上仍比她宏大。布拉克默尔曾说她既非职业诗人，又非业余诗人，就是指她具有大诗人的禀赋，但欠缺大诗人的锻炼。

十九世纪美国的三大诗人之中，爱伦·坡属于地狱，惠特曼属于人间，狄金森属于天国。以时间而言，爱伦·坡属于往昔，惠特曼属于来兹，狄金森则神游于时光之外，出入于永恒之中。以气质而言，爱伦·坡是贵族的，惠特曼是平民的，狄金森则是僧侣的；这和三位诗人的社会有密切的关系，因为爱伦·坡生在南方，惠特曼生在纽约，而狄金森生在新英格兰。狄金森生在神权至上道德律非常峻严的清教徒社会，天国的严父和家庭的严父给了她双重的压力，也促使她产生一种在敬畏中寓有反抗的意识。到了她的时代，清教的价值观已经开始崩溃，另一套新的价值正在成形。一个诗人，其实任何敏锐的心灵，面临这种新旧交替的混乱，必须自己去重新体认与世界之间的关系，而整理出一套可以让个人去把握的新价值。这是狄金森创造她宇宙的过程，也是一切大作家创造的过程。

成功的滋味

成功的滋味最甘美，
唯从未成功者才觉得；
要体会仙液是什么，
需经最迫切的焦渴。

今日夺旗的大军，
没有谁有能力
说得清胜利啊
究竟是什么意义：

像垂死的败军之将，
在他无缘的耳边，
凯旋的乐声在远处
迸发，至痛而且明显。

——一八七八年

蝴蝶

一只蝴蝶自她的茧中，
　像贵妇步出门口，
在一个长夏的下午露面，
　任意去各处漫游。

我无法探知她的心事，
　除非是离家闲行；
只有苜蓿才能够了解
　她要办的琐碎事情。

我们看见她华丽的阳伞
　在田间收合拢来，
看人做干草，又努力挣扎
　向一朵迎面的云彩；

飘幻如她的成群游客
　皆若赴乌有之邦，
漫无目的地弯来绕去，
　像热带的展览会场。

尽管蜜蜂在发奋做工，
　众花在热烈地开放，
这一位闲散的观光客
　对他们并无景仰。

直至黄昏自天空如潮泛来，
　　于是做草的工人，
盛夏的下午和这只蝶蝶
　　都在海水中消沉。

海滨之游

我很早便动身，带了小狗。
　特地去拜访海洋，
住在底层的少女人鱼
　都出来向我凝望，

而游于上层的巡洋舰
　却张开麻布的双手，
以为我只是一只老鼠，
　搁浅在沙滩上头。

没有人来扰我，直到潮水
　淹没我朴素的双履，
淹没我围裙和我的腰带，
　又淹没我的胸衣。

那姿态像是要将我吞掉，
　如整吞一滴露珠
自一棵蒲公英的袖口——
　于是我也开始赶路。

而他——他紧紧地跟在背后；
　我感到他银亮的脚踵
踩在我踝上——于是珍珠
　便溢满我的鞋中。

直至我们到了坚实的镇上，
　他似乎不认得谁；
于是向我庄严地鞠躬，
　大海便如此告退。

当我死时

死时我听见一蝇营营；
　室中那份沉寂
有如空中大气的肃静，
　当暴风雨暂歇。

四周的眼睛都全已拧干
　鼻息都蓄势戒严，
待最终的攻击，待那君王
　在室中赫然显现。

我分遣纪念品，又签署
　属我而又可遗赠
的东西——而就在这时候
　插进来一只苍蝇，

带着莽撞的营营，青青无定，
在天光和我之间；
然后是窗户的消隐，然后
　是我的视而不见。

因为我不能停下来等待死亡

因为我不能停下来等待死亡，
他好心地停下来等我；
马车只容得下我们
和永恒一伙。

车行得很慢；他并不着急，
而我抛开了一切，
取消了正事，取消了闲暇，
表示对他的体贴。

车过了学校，只见孩子们
正放假，挤排成一圈，
车过了满田睽睽的玉米，
车过了太阳西偏。

车在一座房屋前停下
好像是土地隆起；
屋顶几乎是看不见，
屋檐，不过是土堤。

后来，过了好几个世纪，
但感觉比那天都短：
最初我只当驿车的马头
是朝着永恒在进展。

轻喟

我隐身在我的花朵之中，
　你采去胸前佩带；
你并不自知也将我佩上，
　其余的有天使明白。

我隐身在我的花朵之中，
　它在你瓶中枯萎；
你并不自知也为我感到
　近乎寂寞的滋味。

评析

这首小诗有点伊丽莎白时代小歌的风味。细吟之余，又感到有点像布莱克或雪莱。

希金森（Higginson）曾言，狄金森是风格独到的天才诗人，她的诗歌“对读者来说，好比连根拔起的植物，带着雨水、露珠和泥土的芬芳，给人无可传递的清新感”。她的诗风凝神洗练，摒弃英诗韵律传统，质朴清新，深邃的思想携带着超越的神秘主义（mysticism）的惊奇。

春的光辉

春来的时候有一种光辉，
　为整整的一年之间
任何其他的季节所没有。
　当三月尚未露脸，

有一种颜色遥遥地憩脚，
　在荒寂无人的山头，
科学无法以将它捕捉，
　但人的性灵能感受。

它殷勤伺候在草地上面；
　它泄露远树的形状，
在我们熟悉的极远的山坡；
　它几乎对我有话讲。

但是当地平线举步远行，
　或是报销了午时，
也没有声音所具有的形式，
　它离去而我们留此：

一种遗失所特有的性质
　影响到我们的内心，
像市场的交易忽然侵犯
　一种神圣的幽境。

日落和日出

夕阳西返时没有人看见；
　只有我一人和大地
参观这壮丽无比的盛典，
　看他凯旋归去。

旭日涌现时没有人看见；
　只有我一人和大地，
还有只无名的陌生小鸟，
　躬逢这加冕典礼。

蜜蜂

像列车驰行于丝绒的轨上，
　我静聆横飞的蜜蜂：
花间曳过了阵阵的轧轹，
　她们那轻软的泥工。

抗拒着，直至甜美的攻势
　消尽她们的英勇，
而他却胜利地斜翅飞开，
　去征服别的花丛。

他的纤脚都裹着纱网，
　他戴着一顶金盔；
他胸部护一片缟色玛瑙，
　上面还镶着翡翠。

他的劳动是一片歌声，
　他的闲逸是低吟；
哦，怎能像蜜蜂亲身经历
　苜蓿和中午的妙境！

蕈

蕈是植物之中的精灵。
　到黄昏它已不见；
晨间它撑着麦菌的小屋，
　停步于一个地点，

恍若它经常如此淹留；
　但是它生命的全部
却短于一条蛇的逡巡，
　比莠豆还要急促。

它是植物中间的魔术家，
　置身局外的稚子；
像一闪泡沫般抢先来临，
　又如泡沫般疾逝。

我感觉丛草像欣然乐于
　让它作片时的憩足；
盛夏这一位私生的小孩
　会留心前瞻后顾。

若自然也有张被弃的脸，
　若她也贱视小娃，
若自然也有狡黠的犹大，
　那野蕈，那就是它。

露珠

一颗露珠就满足了自己，
　也满足一叶小草；
而且感觉：轮回是何等广阔，
　而生命何等渺小！

太阳出门来开始工作，
　白天出门来游戏；
但是再见不到那颗露珠，
　见不到它的身体。

到底它是被白天拐走，
　还是被过路的太阳
顺手倾入了汪洋的海中，
　永远也无人知详。

我的生命关闭过两次

我的生命关闭过两次才关上；
　现在还需要等待
看永恒是否还会再开启，
　让第三件大事揭开：

其重大，其不可思议
　不下于前两次所遇：
离别是我们所知于天国，
　也是所求于地狱。

当渡船解缆

——余光中

当渡船解缆
风笛催客
只等你前来相送
在茫茫的渡头
看我渐渐地离岸
水阔，天长
对我挥手

我会在对岸
苦苦守候
接你的下一班船
在荒芜的渡口
看你渐渐地靠岸
水尽，天回
对你招手

罗伯特·弗罗斯特

Robert Frost

我信奉你暗示死亡的理论。
如果要墓志铭述我的一生，
但愿拟一篇短的给自己。
但愿碑石上是这样的字句：
他和这世界有过情人的争吵。

隐于符咒的圣杯

在美国现代诗人之中，弗罗斯特名副其实是一个晚成的大器。他的第一本诗集和最后一本诗集的出版，相隔了竟有半个世纪；如果以写作时间计算，当然还不止这么长。他的父母原籍都是新英格兰，但是他的父亲，由于不满意马萨诸塞州的共和党背景，将家庭迁去西岸的加州，小弗罗斯特也就在旧金山诞生。当时南北战争已经结束有十年，他的父亲竟因同情南方且崇拜李将军，而为他取名罗伯特·李；所以他的全名是Robert Lee Frost。

不幸他的父亲才三十多岁便因肺病夭亡。弗罗斯特的母亲便迁回马萨诸塞州的劳伦斯，去依附他的祖父。一八九二年，他毕业于当地的劳伦斯中学。在毕业典礼中和弗罗斯特共同代表毕业班致告别词的一位女同学，叫埃莉诺·怀特（Elinor White），后来便成为他的夫人。不久，在祖父的资助下，弗罗斯特进入有名的达特茅斯学院，但是才读了三个月便离校了。廿一岁那年，又进入哈佛大学，只读了一年半，又因为不喜欢学院气氛而辍学。

此后的十三年间，他的事业毫无起色，工作也很不稳固；他先后做过皮匠、编辑和教师，并在新罕布什尔州经营了好几年农场。从十五岁起，弗罗斯特就已经开始写诗，可是写了二十多年仍不为诗坛所知，发表的作品不满廿篇。据说一直到一九一三年为止，他的稿酬是平均每年十元。当时美国的诗坛原甚凋零，无怪有才如弗罗斯特和艾略特者，都要东渡英伦，才能一举成名。艾略特就说："一直到一九一五年，我来了英国以后，才听说弗罗斯特的名字。"

一九一二年，弗罗斯特卖掉了祖父给他的农庄，带着夫人和四个孩子去英国。他们在格拉斯特郡的葺草屋中安顿下来，四邻都是所谓"乔治朝诗人"（Georgian poets）。吉布森、爱德华·托马斯、艾伯克伦比、布鲁克、德林克沃特等英国作家，都成为他的朋友。一九一三年，他的第一本诗集《男儿的志向》（*A Boy's Will*）在英国出版，颇得好评。翌年，另一本诗集，也是批评家公认为他一生最好的一本诗集《波士顿以北》（*North of Boston*），紧接出版，遂奠定了弗罗斯特的声名。一九一五年，这两本诗集又在美国国内出版，弗罗斯特认为，既然书已"回国"，人也该回去了，遂举家迁回美国。

回到国内，弗罗斯特发现他已经获得批评家和出版商的热烈欢迎，便在新罕布什尔州买了一片农庄，一九一九年，又迁去佛蒙特州一农庄，定居下来。四十岁才成名的弗罗斯特，后半生享尽了荣誉，成为美国最受欢迎的诗人。他的生命，可以说是由平淡趋于绚烂。他经常应邀到各地的大学去演说；据说他在哈佛大学朗诵自己作品一次，酬劳是两千元。（现年五十岁的罗伯特·洛威尔，演说一次的报酬是二百五十元至一千元。）自一九一六年到一九三八年之间，他受聘任阿默斯特学院的“驻校诗人”；他戏称这种工作为“诗的暖气炉”。弗罗斯特先后接受了二十八所大学（包括英国的牛津和剑桥）颁赠的荣誉学位。他曾四度荣获普利策诗奖，也曾接受全国文艺学院的金牌奖。一九五五年，佛蒙特州甚至将境内一座山命名为弗罗斯特。一九三八年，他的夫人逝世的时候，他们的六个孩子只剩下两位。晚年的弗罗斯特，冬季住在剑桥镇（哈佛校址），夏季则住在佛蒙特他的农庄上。一九六三年初，他因病住院开刀，动了大手术，死于一月廿九日。

一位诗人，像其他任何伟人一样，如果生前声名过分显赫，成为家喻户晓的人物，他便变成一个活的神话，国人也就难以窥认他的真面目了。盛名往往会歪曲一个人的真象，对于弗罗斯特也不例外。一九五〇年三月廿四日，美国参议院一致通过褒奖弗罗斯特的决议。一九六一年，肯尼迪复请弗罗斯特在他的总统就职典礼上诵读《全心的奉献》一诗。嫉妒或误解他的人，遂说他已成为民主美国的桂冠诗人，甚至干脆叫他做肯尼迪的“弄臣”。议员候选人和扶轮社的贵宾，常将他的句子挂在口头，小学和中学的课本常选用他的《雪夜林畔小驻》《修墙》一类的名诗，书商则将他的小品印在圣诞卡上；诸如此类，很容易养成批评家们的一个偏见，认为弗罗斯特只是一个流行的大众诗人，何必劳识者去大事咀嚼？有时候，成为一个流行作家，并不是一件好事，因为在批评家的潜意识里，“流行”与“深刻”几乎是相反的性质，而要把妇孺皆知的“通俗”人物，一本正经地加以研究或批评，对于一些自命“高额”（highbrow）的论者，似乎是不太体面的事情。有一段时期，弗罗斯特几乎完全给批评家“冷藏”了起来；尽管广大的读者热烈地拥戴他，以艾略特为核心的现代主义批评家们对他却异常冷淡。弗罗斯特的诗，既不晦涩，又不表现都市知识分子的失落感，也不出经入史，赋神话或古典以现代的意义。骤然一看，他的形式是保守的，题材是田园的，用意是浅显的，在现代主义笼罩诗坛的时代，他似乎真是不合时宜，显得又旧又土。另一方面，拥护他的群众，也未能真正搔着他的痒处，认识他的真象（相）。他们只看见他用单音节的“小字”，讲无伤大雅有益修身的家常琐事，且记述一些怡人的田园风物。他们的欣赏往往只停留在字面上，遂想象他是一位与人为善的大众哲学家了。

实际上，弗罗斯特绝非如此单纯，也不是如此便于归类。在本质上，他的思考和想象方式，都是相对进行，以反为正的。哈佛大学教授，小说家莫里森（Theodore Morrison）在一九六七年七月发表于《大西洋月刊》的《激动的心》（*The Agitated Heart*）一文中曾说：“要形容像弗罗斯特这样繁复的人物，唯一的方式便是说，他是一束调和的矛盾，他是好多双矛盾的组合，其中矛盾的双方同时都切合他的本性。”弗罗斯特最善于用“似反实正说”或“反喻”的口吻揭示一项复杂的真理，例如，在《今日的教训》中，他便以下例数句作结：

我信奉你暗示死亡的理论。
如果要墓志铭述我的一生，
但愿拟一篇短的给自己。
但愿碑石上是这样的字句：
他和这世界有过情人的争吵。

“情人的争吵”（lover’s quarrel）最能说明弗罗斯特对生活的态度：他是热爱生活的，但同时他也不满意生活，不过那种不满意究竟只能算是情人的苛求，不是仇人的憎恨。弗罗斯特的矛盾调和，是多方面的。在论罗宾逊遗作《贾斯珀王》时，他说：“严肃其外，必幽默其中。幽默其外，必严肃其中。”这句话同样也适合他自己的风格。弗罗斯特的作品，往往就貌若轻松而实为沉重，貌若诙谐而实为严肃。例如在《预为之谋》一诗中，他以潦倒的老境警告得意的名流，通篇的口吻反多于正，谐胜于庄，七段之中，只有第五段蜻蜓点水式地触及真正的主题。无怪乎一九六五年在车祸中丧生的诗人贾雷尔（Randall Jarrell），要说《预为之谋》是一首小型的杰作。弗罗斯特诗中另一个对比，是事实与幻想之间戏剧化的互为消长。往往，在他的笔下，事实恍若幻想，幻想甚至比事实更为可信；论者所谓的“古灵精怪”（whimsicality），由此而来。《指路》（*Directive*）和《赤杨树》

(Birches)诸诗，便充满这种对比。弗罗斯特的长处就在这里：他的“大义”总是在“微言”之中，启篇之际，总是煞有介事地叙述一件事情或描摹一个场合，渐渐地，幻想渗透进来，出入于现实而交织成娱人的图案，而正当你以为作者或诗中人只管顾左右而言他的时候，思想的发展忽然急转直下，逼向主题，但往往也只点到为止，并不完全拈出。弗罗斯特也自称，一首诗“兴于喜悦，终于彻悟”。拿他自己的诗来印证，便发现一开始往往像描摹诗或叙事诗(descriptive or narrative poetry)，渐渐便变质为冥想诗(meditative poetry)，但在冥想之中并不完全脱离现实，所以仍然具有描摹或叙事的成分，并不临空飞行。拿他的诗和雪莱的作一比较，便不难了解这点。弗罗斯特固然没有雪莱下列诗句的华美：

生命，像一座七彩的玻璃圆顶，
染污了永恒皎白的光辉，
直到死亡将它踹成了碎片。

可是雪莱的玄想终是太形而上了，他未能像弗罗斯特在《火与冰》一诗中那样，将天文学和气象学的预言与人性的现实融化在一起：

有人说世界将毁灭于火，
有人说毁灭于冰。

根据我对欲望的体验，
我同意毁灭于火的观点。
但如果世界要毁灭两次，
则我想我对恨认识之深，
可说论毁灭，冰
也同样伟大，
冰来也行。

论者常指陈弗罗斯特如何承受爱默生的唯心论的哲学，弗罗斯特确曾私淑爱默生和梭罗的直觉、自恃、个人主义，但是他显然超越了前人的理想主义。他曾比较罗宾逊与自己基本态度的差异：“我不是罗宾逊那样的柏拉图信徒。我所谓的柏拉图信徒，是指一个人认为我们面对的世界只是天国的不完美的翻版。你的女人，只是天国女人或别人床上的女人不完美的翻版。世上最伟大的女人之中，有许多——也许全部——都是排列在浪漫主义的那一边的。在哲学的立场上，我反对在职业中供一尊伊索德（Iseult，爱尔兰传奇中美人），在副业中又另供一尊。我一点也不想做出自命不凡的样子。我只是以应有的谦逊作一个区分罢了。一个真正风雅的柏拉图信徒会独身以终，像罗宾逊那样，因为他不愿使任何女人沦落到只有日常用途而不被崇拜的地步。”弗罗斯特对生活的基本态度之一，便是梦与现实，爱与用，创造与生活的合为一体。在《刈草》结尾时，他说：“事实是劳动所体验的最甜美的梦境。”（The fact is the sweetest dream that labor knows.）这句话令人想起了叶芝的名诗《学童之间》的末段而“女人要捧也要用”的思想，也接近叶芝在《狂简茵和主教的对话》中表现的观念。

弗罗斯特是一个独来独往的个人主义者，他依赖的是自己，自己的冷静、清醒和坚定。他力求避免浪漫主义的自怜和理想化，而趋于古典的节制与含蓄。论者以为他具有罗马诗人贺拉斯的安详宁谧（Horation serenity）。弗罗斯特颇能做到阿诺德所说的“坚定地观察全面的人生”。艾略特曾说他自己要在诗中表现生命的沉闷、恐怖和荣耀；除了后期的《四个四重奏》以外，他的作品中所表现的，其实沉闷与恐怖多于荣耀。相比之下，弗罗斯特的诗中，有恐怖也有荣耀，但是很少沉闷厌倦之感。读者很容易看见那荣耀，但是很少注意到那恐怖，因为弗罗斯特在这方面下笔总是很轻，不像其他现代诗人下笔那么重，好用“震骇效果”，例如在《荒地》（*Desert Places*）的末段，弗罗斯特曾说：

> 他们吓不了我，用他们的空旷，
> 在群星之间——在无人烟的星上。
> 近得多，我心里有一样东西
> 在吓自己，用我自己的荒地。

弗罗斯特就像这样。他既不像哈代那样悲观或者杰弗斯那样厌世，也不像惠特曼那样乐观且歌颂人群。弗罗斯特肯定的是个人，寂寞但并不孤立的个人；他对于大众并不太信任。这种态度，在《选一颗像星的东西》里表现得非常明确：

你要求我们保持点高度，
当暴民有时候受人左右，
超越了赞美或非难的分际，
让我们选一颗像星的东西，
支持我们的心灵，获得拯救。

这种个人主义是古典的，它要求于个人的，是超然的立场和独立的见解，也就是说，它是理智的。相形之下，卡明斯歌颂的个人主义，则是浪漫的，诉诸感情的了。一般读者，如果他们对于弗罗斯特的欣赏能进入“行间”（between the lines），而不是停留在字面，将会发现这位诗人并不像他们所想象的那样“平易近人”。无论在写序或演说的时候，弗罗斯特都再三强调“有余不尽”（ulteriority）在诗中的重要性。他的作品也因此充满不同解释的可能性，正如《格列佛游记》一类的寓言体小说，识者可以赏其讽喻，不识者也可以赏童话一样看热闹。所谓雅俗共赏，其实有的是目无全牛，有的是目无全豹，有的是一扪欲穷全象罢了。弗罗斯特某些乍看一清见底的名作，像《雪夜林畔小驻》《不远也不深》《春潭》《请进》等，要在细细咀嚼之下，才会展示其奥义；但奥义与字面之间，却是圆融无痕，实在难加区分。例如《雪夜林畔小驻》一首，表面上固然是写景的小品，但细细想来，那深邃迷人的森林，不正是死亡的诱惑吗？诗中人的继续赶路，驰赴约会，不正是对死亡的否定，对生命的执着吗？当然这是不能演算求证的。森林在弗罗斯特的意象里，常常扮演死亡的角色；在《请进》里，似乎也能得到同样的印证。弗罗斯特对他的读者有什么看法呢？他当然从不明说。可是在《不远也不深》里，便有这样的句子：

他们望不了多远。
他们望不到多深。
但是这岂曾阻止
他们向大海凝神？

“他们”既近视，又肤浅，但看是总要看的。这是讽刺，还是嘉勉？弗罗斯特固然期待他的读者，可是他不愿那样轻易地就给发现。在《指路》中，他说：

在水边，有一株古香柏，
成拱的柯上，我曾秘藏
一只破高脚杯子，像圣杯
且施符咒防妄人去寻到，
因而得救，圣马可说，必不容妄人。
（那杯子我窃自儿童乐园。）
这就是你的矿泉和泉场。
饮之即沛然，免于迷乱。

柯尔律治认为，诗应使读者“刹那之间欣然排除难以置信的心理”。弗罗斯特则认为，诗应予读者“刹那之间的支持，使免于迷乱”（a momentary stay against confusion）。弗罗斯特颇受叶芝的影响，可是在这一点上，却和叶芝大异其趣。叶芝晚年的萦心之念，是心智的成熟与肉体的衰朽之间的悬殊，以及性的活动无可奈何的逐渐丧失，因此这位“愤怒的老年”紧紧地抓住每一根残留的草茎。他说：

你以为真可怕：怎么情欲和愤怒
竟然为我的暮年殷勤起舞？
年轻时它们并不像这样磨人。
我还有什么能激发自己的歌声？

弗罗斯特在晚年似乎很少为“体貌衰于下”而情不自已。他并不想借情欲和愤怒来鞭策自己；他所追求的是心灵的冷静，他所畏惧的是迷失。例如他七十三岁那年（一九四七）发表的那首《选一颗像星的东西》，表现的便是这个主题。在前引述的《指路》一诗中，弗罗斯特又说：

你的投宿地，你的宿命只是
一条山涧，曾供古屋以饮水，
寒如犹近源头的一泓清溪，
太高，太原始，不成怒潮。

最后的一行，原文是Too lofty and original to rage译为“太高，太原始，不成怒潮”，并不能充分传神。原文的意思是双关的：表面上是说水甫出山，犹近源头，自不能澎湃成涛；实际上是作者自谓，说崇高而独创的心灵，何用疾言厉色，以动视听？ original一字，源出origin，兼有“原始”“鲜活”“独创”诸义，用在此地，不但语涉双关，而且也与前文“源头”（source）互相呼应。所以弗罗斯特说这创造而安神的圣水，只有回溯水源，才能汲取，但是由于它太高太原始，恬淡自足，难为人见。而饮水所赖的圣杯，亦隐于符咒，不易为妄人所得。这可以泛指追求真理，也可以特指诗的欣赏：弗罗斯特所说“有余不尽”，正是此意。

在诗的形式上说，弗罗斯特也是特殊的。大致上，他的作品可以分成长篇的叙事诗或冥想诗和短篇的抒情诗。前者大半运用无韵体，后者多为有韵的体裁。有些批评家，包括攻击他的温特斯（Ivor Winters），认为他的无韵体写得不工，又认为他的精华还是在短篇的抒情诗中。我读他的无韵体很久，发现他的无韵体固然不太“协律”，也没有传统的无韵体那样宏伟庄严，但是很接近口语的节奏，舒展自如，落笔轻而寓意深，用小字而说大事，非大手笔何能臻此。像《指路》开始的句子，七行一气呵成，后三行结构相叠，一行比一行扭得更紧，读起来真是再过瘾不过。尤其是第一行，一口气十个单音节的字里面，前三个重音都是极沉极洪的喉音，后二个重音骤然收成突兀而窄的短音；那种气势，正如莫里森所说，在现代英诗中是绝无仅有的。后三行又恢复了节拍宏大的单音字，行末三个字（house，farm，town）全是张口的元音，更增开阔之感。读者如果能细细研究下列的原文，当能同意我的说法：

Back out of all this now too much for us,
Back in a time made simple by the loss
Of detail, burned, dissolved, and broken off
Like graveyard marble sculpture in the weather,
There is a house that is no more a house
Upon a farm that is no more a farm
And in a town that is no more a town.

至于短篇的抒情诗，无论是极其传统的四行体（quatrain）及相近的五行、六行、八行诸体，或极其工整的英雄式偶句（heroic couplet），或极其典雅的十四行，都写得很出色。《雪夜林畔小驻》的玲珑澄澈和《雪尘》的天衣无缝，都是现成的例子。弗罗斯特是现代诗坛的十四行高手之一。他对于这种体裁的控制，不但合乎传统，抑且变化自如，能够推陈出新。像《天机》（*Design*）、《见面与交臂》（*Meeting and Passing*）、《丝帐篷》（*The Silken Tent*）等诗，都是十四行中极为出色的例子。《丝帐篷》一首，全诗只是文法上的一句，结构真是“点水不入”，严密极了。《丝帐篷》表面上是用一个明喻形成，事实上那想象的性质是属于“复喻”（conceit）的。在莎士比亚体的十四行的技法上，《丝帐篷》也是独特的，因为结论式的偶句由于第十二行的融入而扩大了。

弗罗斯特在形式上最大的特点，是文字的俚俗和节奏的口语化。在他的点金术之中，俗能变雅，俗得极雅，口语能锻炼成耐人久嚼的节奏，话说得很轻松，可是意义下得很重。艾略特也主张诗的节奏应以口语为骨干，可是他诗中的口语往往是都市中智识分子的腔调，不然就是用来衬托所引的经典，使雅者更雅，俗者愈俗。弗罗斯特诗中的口语却是新英格兰农民的腔调，尽管那腔调是高度艺术安排的结果。拿弗罗斯特的文字和艾略特的作一比较，即使在字面上，也能窥识两者的差异。弗罗斯特用的字小，艾略特用的字大。弗罗斯特爱用单音节的前置词和副词，艾略特爱用复音的名词，尤其是以tion，sion，bility等字尾结尾的抽象名词。拿《指路》和《焚毁的诺顿》第三章对照阅读，当可确定此点。弗罗斯特的佳妙，往往就在这种语不惊人而寄寓深婉的俚语俗字之中。例如《仆中仆》（*A Servant to Servants*）里的句子：

...the best way out is always through.

如果用学者的英文来说，那就不晓得要动员多少大名词大动词了，结果恐怕仍不如这七个小字说得干净而透彻。

大致上，英诗的节奏，不是说，便是唱，不然便是又说又唱。

例如雪莱，只会唱，不会说；只有旋律，没有节奏，读者“听”久了，就腻了。莎士比亚把它分开来：在歌和十四行里唱，在无韵体的戏剧里说。现代诗人，像玛丽安·摩尔，在唱的框子里说，也别成一格。艾略特的脾气，是说到兴头上就唱起来，唱累了就松一口气变成说。弗罗斯特在本质上是一个“说”的诗人，像华兹华斯一样。即使在该唱的时候，例如在四行或十四行之中，弗罗斯特仍给人说的感觉。在该说的时候，例如在无韵体之中，他说得多娓娓动人啊，说着说着，他也会唱起来的，像男低音那样地唱了起来，于是那安详的节奏便回荡成异常动人的旋律了。左派诗人倡导口语化的文学，但是未经锻炼或锻炼不够的“大白话”，粗枝大叶地往稿纸上堆砌，岂能变成艺术？华兹华斯未竟之业，终于为弗罗斯特所完成了。

修墙

有一样东西不喜欢有墙壁
使墙下冰冻的地面隆起，
墙头的石块在日光下散落；
裂开墙缝，容两人并肩走过。
猎人所为又是另一番景况：
他们过处石上留不住石头
我只有跟在后面修补
但他们一意要赶兔子出现
为讨好大叫的狗群。我是说
怎会有墙缝呢，谁也没看见，听见，
但春来要补墙，大家才发现，
我通知了隔山的邻居；
终于有一天大家见面巡边
在交界处把破墙再砌好。
双方隔墙巡视了一番，
石头落谁的一边就归谁。
有的像面包，有的简直像圆球，
真需要念咒才安得稳当：
“别乱动，等我们转背才掉下！”
我们搬石头，把手指都磨粗。
啊，不过是另一种户外游戏，
一边一个人。也不过如此；
有墙的地方，本来不需要墙；
他那边全是松树林，我的是苹果树。
我的苹果树绝不会跨界
去吃他树下的松果，我说。
他只是说，“好篱笆造就好邻家。”

春天在我的心中作怪，我自问
此意能不能通入他脑袋：
“为何能造就好邻家？是因为
能隔绝牛群吗？”并没有牛呀。
我如果造篱笆，就会先问
什么要围进来，什么围在外
这样子围法会得罪了谁。
有一样东西不喜欢立墙壁
只要墙倒。我可以叫它做“精灵”，
但又不全是精灵，宁可由
他自己来说。只见他隔墙，
一手紧抓着石头的上端，
像旧石器时代武装的蛮人。
只觉得他在暗中摸索，
并非森林和树荫的黑暗。
他也无意深究祖传的格言。
只是喜欢能想起了这妙句，
又说了一遍，“好篱笆造就好邻家。”

——一九一四年

评析

弗罗斯特生前拥有四十四个荣誉学位，美国国会甚至通过提案对他表扬。肯尼迪总统请他在就职典礼上朗诵《全心的奉献》，并派他去访问苏联与以色列。他在苏联特别朗诵《修墙》，当别有用意。他在美国简直就是不冠的桂冠诗人，新英格兰的佛蒙特州甚至将一座山以他命名。

赤杨

每当我看见赤杨树左斜右倾，
背景是暗树直立的线条，
就以为有个男孩一直在摇它。
但摇树不会使树弯身不起，
冰风暴才会。你一定常看见
一场雨后，冬日朝阳里满树
重压着冰块。风一吹来
满树的冰块相撞，七彩缤纷，
把珐琅抖得片片裂开。
不久暖阳就化开一阵阵水晶
抖落，崩塌在雪盖之上——
这么一堆堆碎玻璃待扫，
还以为天堂的穹顶坍了，
如此重负，直压到地上的残蕨
却又似乎从压不断；但一度压低
压低久了，就再也直不回去；
林中还看得见这些赤杨，
弯腰的树干多年后枝叶拖地，
像女孩子跪伏下来把长发
摔到面前让太阳晒干。
刚才我正要开口，却遭“真相”
插嘴，尽说些冰风暴的实情，
我宁可有个男孩放牛收牛
路过时就来这林中骑树——
他离城太远，不会玩棒球，
只能够有什么就玩什么，

冬夏无阻，一个人可以独玩。
他把老爸的树一棵又一棵
一遍又一遍拿来当马骑，
直到硬性子都被驯服
没有一棵不跛脚，不剩一棵
没征服。他学会了一整套招数，
学会了不要荡出去太早
免得把树身带得太远
直弯到地面。他总能保持平稳
直爬到顶枝，那么小心地爬，
全神贯注，就像注水入杯，
满到杯缘，甚至高过边缘，
然后向外荡去，两脚向前，
飕的一声，凌空蹬落到地面。
我自身曾做过赤杨树荡手，
常梦想能回去重施故技。
尤其当我厌倦于机心世故，
而人生太像无路的森林
蛛网拂得你的脸又痛又痒
一只眼睛流泪水，因为有
一条树枝横着，来不及闭眼。
真恨不得离开人间一阵子
再回来，一切又重头来起。
但愿命运不故意误听我话，
只许我一半的愿望，把我抢走，
再回不来。爱本该在人间

我不知何处会活得更好。
我宁可从爬一棵赤杨开始，
顺着黑树枝爬上雪白的树干
“朝向”天国，直到赤杨不能再承受，
只好树顶点地把我放下来
最好是这么上去又下来，
有人的下场也许还不如荡赤杨。

——一九一六年

雪夜林畔小驻

想来我认识这座森林，
林主的庄宅就在邻村，
却不会见我在此驻马，
看他林中积雪的美景。

我的小马一定颇惊讶：
四望不见有什么农家，
偏是一年最暗的黄昏，
寒林和冰湖之间停下。

它摇一摇身上的串铃，
问我这地方该不该停。
此外只有轻风拂雪片，
再也听不见其他声音。

森林又暗又深真可羡，
但我还要守一些诺言，
还要赶多少路才安眠，
还要赶多少路才安眠。

评析 《雪夜林畔小驻》是现代英语诗中公认的短篇杰作。此诗之难能可贵，在于意境含蓄，用语天然，而格律严谨。意境则深入浅出，貌似写景，却别有寓意。弗罗斯特曾谓一诗之成，“兴于喜悦，而终于彻悟”，验之此诗，最可印证。诗中的用语纯净而又浑成，没有一个字会难倒学童，原文的一百零七个字里，单音字占了八十九个，双音字十七个，三音节的字只有一个。这在英语现代诗中，是极为罕见的。至于格律，用的是“抑扬四步格”（iambic tetrameter)，这倒并不稀奇。奇的是韵脚的排列——每段的第一、第二、第四行互押，至于第三行，则与次段之第一、第二、第四行遥遥相押，如是互为消长，交错呼应，到了末段又合为一体，四行通押。这样押韵本来也不太难，难在韵脚都落得十分自然。略无强凑之感。因为这些缘故，这首诗要译成中文，颇不容易。

要欣赏这首诗，至少有三个层次。第一个层次是纯田园的抒情诗，写景之中略带叙事，有点中国古典诗的味道。第二个层次则是矛盾与抉择，焦点已从田园进入人生了。所谓矛盾，是指流连美景与奔赴盟约之不可得兼，人虽有亲近自然之愿，却无法自绝于社会；所谓抉择，是指诗人领略雪景之后，终于重上征途，回到人间。这样的结尾，和李白的“人生在世不称意，明朝散发弄扁舟”恰恰相反，倒有一点儒家的精神。提醒诗人勿忘人间事的，是忠诚而勤劳的小马。我认为诗中的“驻马”其实是停下马车，因为第三段首行的原文是 He gives his harness bells a shake，所谓 harness 乃指马匹拖车时所配之皮带等器具。所以小马正是责任在身的象征。人当然比马复杂：既耽于自然之美，又凛乎人间之责：所谓人生原来就是矛盾之中的抉择。

至于第三个层次，则朝象征更推进了一步，其中的抉择，竟是生死之间了。这首诗写于一九二三年，当时弗罗斯特的创造力正达巅峰，诸如《火与冰》《斧柄》《磨石》《保罗之妻》等名作都是同一年的产品。但这时诗人已经四十九岁，人生忧患，认识自深。饱经沧桑的人难免有时厌世，或生飘然引去之心。细读此诗，当可发现处处有死亡的投影——又暗又深的森林固有死之神秘，冰冻的湖泊更含死之坚冷，时间又是一年之中最暗的黄昏，而诗人的马车竟在寒林与冰湖之间停下，死亡的气氛真是逼人而来。有人也许会说，森林原是植物界生命的宏大展现，湖水也是水族生命之所托，怎能说成死亡的象征？此话不错，但诗中的森林已被雪封，湖水也已冰冻，除却风雪之声，万籁都已沉寂了。诗人至此，竟然徘徊而不忍去，真像迷恋死亡了。但是，听啊，一声铃响打破了四周的死寂，且唤醒诗人，他在人间尚有许多任务，许多未了之缘。铃，在这幅雪景之中，是唯一的“非自然”产品，铃声正暗示百工协力的人间。于是诗人重上征途，准备在“安睡”（自然之寿终）之前完成自己的任务。东坡词《临江仙》后半阕“长恨此身非我有，何时忘却营营？夜阑风静縠纹平，小舟从此逝。江海寄余生”恰与弗罗斯特此诗意趣相反。弗氏晚年的名作《请进》与此诗颇有相通之处。

火与冰

有人说世界将毁灭于火，
有人说毁灭于冰。
根据我对欲望的体验，
我同意毁灭于火的观点。
但如果世界要毁灭两次，
则我想我对恨认识之深，
可说论毁灭，冰
也同样伟大，
冰来也行。

身量大地

爱情在唇边的触觉
是我能承受的甜蜜，
一旦那似乎太强烈，
我活着就靠空气

吹花香掠我而过
是一阵——麝香，我猜，
从隐身葡萄藤的泉水
日落时流下坡来？

从忍冬开花的枝柯
我感受晕旋和痛苦，
谁若去采摘就洒得
他满指节的露珠。

我渴求甜蜜的强烈，
只因为正值青春；
玫瑰花的花瓣
刺得人啊发疼。

而现在所有喜悦都缺盐，
而且都关不住悲戚，
还有疲劳和失误，
我现在渴求于泪的

是污痕，几乎是爱过了头

才有的那种遗憾，
树皮的苦中带甘
和丁香的长燃

僵了，疼了，结了疤，
我缩回自己的手掌
只因支撑得太用力，
在草地上，沙上。

这样的伤害还不够：
我要的是重量和力量
来感受大地多粗糙
用我全部的身长

——一九二三年
翁是年四十九岁耳

评析

用身长来量大地，乃死者长眠之意。诗人长寿，所以经历过家人先他而死的哀伤。观此诗乃知弗老真深于情者。英文诗中，有时文法上一句话可以横跨两段，例如本诗首段末行 I live on air，就要读到次段结尾才在文法上告一段落：所以air一字之后就无标点。

窗前树

我窗前的树啊，窗前树，
夜来时，我放下了窗帘；
但愿在我们之间，永远
　不拉起帷幕。

伸自地上的朦胧的梦首，
最飘逸的东西，仅次于云，
即鼓动你轻快的万舌齐奏，
　也不可能深沉。

树啊，我曾见你被袭击，被抛掷，
如果你见过我，见我在梦中，
则你曾见我被袭击，被扫中，
　且几乎迷失。

当初，命运连接起我们的梦首，
她心里一定有自己的想象；
你的头关心外在的气象，
　我的头，内在的气候。

我曾经体验过夜

我曾经体验过夜的凄清。
我曾经步入雨中——归自雨中。
我曾经走过最远的街灯。

我曾向最伤心的小巷凝视。
我曾经越过值勤的更夫，
垂下眼睛，不愿意解释。

我曾经悄立，将足音踩住，
当远方，从另一条街上，
自屋顶传来中断的高呼，

但不是呼我回去，或是说再见：
而更远处，自一出世的高度，
一座灿亮的挂钟悬在天边，

宣称时间既不错，也不对，
我曾经尝过夜的滋味。

偶观星象

你要等很久，很久才会见到
除了浮云，天上会有多少动静，
和北极光转动如刺耳的神经。
日和月相错，但从不相触，
不会擦出火花或撞得熄火。
行星的曲线似乎互不相扰
却不会出事，也没有害处。
不如且耐心地过我们的日子，
向日月星辰以外去寻找
令人清醒的意外与变化。
诚然，最长的旱灾终会降雨，
中国最久的太平会止于刀兵。
观星人恐怕只会徒然守夜，
为了看太空的静谧中断
恰在他躬逢的时刻目睹
这静谧保险能无恙，今夕。

不远也不深

沿着沙岸的行人
都转向一边凝望。
他们背对着陆地，
终日痴眺着海洋。

有一艘大船驶过，
船身不住向上浮；
较湿的地像玻璃，
反映出一只立鸥。

陆地变化或较多；
但不论真相怎样——
海水总奔上沙岸，
而行人怅望海洋。

他们望不了多远。
他们望不到多深。
但是这岂曾阻止
他们向大海凝神？

泥泞季节两个流浪汉

泥泞途中来了两个陌生人，
撞见我劈柴，在中庭。
其中一人害我瞄不准
竟然欢呼，“加油，使劲！”
我明知他为什么落后，
却让另一位独自向前。
我完全知道他有何打算。
他想接我的手赚点工钱。

我劈的正是上好的木块，
宽大有如承刀的砧板；
而我瞄得正准的每块
劈下时正如剖石不飞散
一生苦修炼成的功夫，
为了公益而做，那一天，
给自己的心灵一次松动，
我向无足轻重的木头施展。

阳光温暖而山风很凉
你知道四月的天气多变动
当阳光露面而风不刮，
你就超前一月向五月正中。
但是如果你竟然敢说穿，
一片云掠过艳阳的拱门
一阵风吹自远峰的冰冻，
你就倒退两月，才三月中旬。

一只蓝知更鸟轻轻栖止，
转对山风好吹顺羽毛，
只为他的曲调调得不太高，
一直还激不起一朵花来。
正下着一阵薄雪，他隐隐明白
冬天不过是在玩装死。
他除了身蓝心并不蓝
却也不会劝谁太冒失。

在夏天如果我们要找水，
说不定还得用一根魔杖，
如今在每一道轮沟都成溪，
每一块蹄印都成了池塘。
水固可喜，却不可忘记
地层下面埋伏着寒霜，
等太阳一落就会偷袭，
在水面咬出晶亮的齿光。

正当我最享受手头的劳动，
这两人来意对我的所求
偏偏使我更不甘放手。
你会想这一生我从未感受
斧头的重量高举到半空，
跨开的双腿紧抓着大地，
灵活的肌肉剧动中带柔，
在春暖之中光滑有汗意。

森林中出现两彪形大汉
(天晓得昨夜在哪里安顿,
不久前该在伐木厂做工)。
自以为凡伐木都该请他们。
林中汉全都是伐木老手,
全凭用斧头断定我高下,
要不看一个家伙怎么挥斧,
他们就不知他是否笨瓜。

双方没有谁说过一句话。
他们知道只要等下去
他们的道理我就会想通:
只因我没有玩弄的权利
霸着别人要赖以为生的工作。
我的权利是爱好,他们是生计。
要是这两者合而为一,
他们的权利更高——没问题。

但是任他人将两者分开,
我人生的目的是把嗜好
与自己的行业合成一体,
像我的双目要合用才看到。
只有将爱好与需要统一,
把工作当成生死的重赌
这件事才能算真正完成,
天国与前途才可兼顾。

——一九三六年

荒地

雪降下夜色降下哦何其迅速
降在野地，一路经过时我注目
地面雪盖得几乎一抹平，
只剩下几根野草和残株。

四周的森林拥有它——据为己有。
百兽都各自在穴中埋头。
我太分心了，来不及计数；
寂寞无意间也将我占有。

而寂寞之为物是寂寞之感
会愈加寂寞到回头减淡——
更加空洞成雪白的夜色，
一无表情，也无情可展。

他们吓不了我，用他们的空旷，
在群星之间——在无人烟的星上。
近得多，我心里有一样东西
在吓自己，用我自己的荒地。

天意

我发现一只皱蜘蛛，白胖胖，
捉住一只蛾，在万灵药上，
像一片缎布带白而僵，
死亡和枯萎混杂的征象，
调匀了要好好过一个早晨，
有如女巫配料的一锅汤——
雪片般的蜘蛛，如花生浪，
僵硬的双翅像一纸风筝。

那朵花为什么如此白净，
路边的万灵药草，蓝得无辜？
是什么带近亲蜘蛛到绝顶，
夜色中又把飞蛾也引去，
宁非黑暗吓人有心机？
如这等小事也要动天意？——

预为之谋

过来的那女巫（那丑老妪）
用水桶和抹布冲洗石级，
原来是美女阿碧莎，往昔，

原来好莱坞影台所标榜样。
太多伟人和善人如此下场，
你不用怀疑她也是这样。

夭亡就会避过这命运，
如果老死是命中注定，
那就要决心死得光明。

且占据整个证券交易所，
如有必要，当高占王座，
就无人敢称“你”老太婆。

有人靠的是满腹学问，
有人靠的是一片率真，
他们依靠的你也可立身。

记得曾有的风光如何，
不能补偿后来的寂寞，
或是免于下场多难过。

最好下台能不失派头，
买来的友情就在手肘，
而非全空。早为之谋，早为之谋！

——一九三六年

评析

里尔克曾言："说到头来，最佳的防护就是绝不设防。"(In the end the best defence is defencelessnese.) 此诗提供了一个选择题，答案如你猜中的，在第五段。

全心的奉献

土地先属于我们，我们才属于土地。
她成为我们的土地历一百余年，
我们才成为她的人民。当时
她属于我们，在马萨诸塞，在弗吉尼亚，
但我们属于英国，仍是殖民之身，
我们拥有的，我们仍漠不关心，
我们关心的，我们已不再拥有。
我们保留的一些什么使自己贫弱，
直到我们发现，原来是我们自己，
保留着，不肯给自己生息之地，
立刻，在献身之中找到了生机。
赤裸裸地，我们全心将自己奉献，
(献身的事迹是多次的战迹)
献身与斯土，斯土正浑沦拓展，向西，
但迄未经人述说，朴实无华，未加渲染。
当时她如此，且预示她仍将如是。

评析 《全心的奉献》是弗罗斯特应邀在肯尼迪总统就职典礼上朗诵的一首诗。原系旧作，肯尼迪认为符合美国开国的精神，乃请弗老旧作新诵；为了适应当时的场合，仅将末行改了一个字。诗中的“她”指“土地”和“斯土”，也就是美国。“马萨诸塞”象征北部，亦即新英格兰；“弗吉尼亚”则象征南方。在短短的十六行中，作者回顾了几乎是美国人全部的历史：从殖民时期到独立战争，到内战和开发西部。最后，作者希望他的国家将来仍能保持昔日的浑厚与淳朴。六、七两行的意思是说：在殖民时期与立国之初，美国人的祖先虽已多年生息于新大陆，而犹以英国后裔自命，念念不忘欧洲，但事实上他们已不再“拥有”英国和英国的传统了。这也是肯尼迪所以选择《全心的奉献》的原因。

丝帐篷

她就像野外的一顶丝帐篷，
夏日晴午有清风拂来。
把露水吹干，牵绳都放松，
支索相连就自在地摇摆。
而撑住大局那中央的杉柱
正是向上擎天的塔尖，
可见灵魂有多么稳固，
似乎不依赖任一条单线，
任一条都不靠，却靠无数
用爱和思念轻松地捆绑，
在人间，面面，万物的身上
只有当夏日善变的风向
将帐篷吹得有些紧促，
才觉得受到起码的约束。

评析

这是一首略为变调的十四行诗：核之以英文原文，在文法上只是一个完整句。至于主题，当为对家庭主妇的歌颂。另有评者认为此诗所咏，实为作者的女友。

请进

当我来到森林的边缘，
听啊，画眉的啁啁！
如果此刻林外已昏黄，
林中想必已暗透。

小鸟在如此黑暗的林中，
虽有灵活的翅膀，
也难捡稳当的枝头栖宿，
纵使它仍能歌唱。

落日最后的一线余晖
已经在西方熄没，
却依然亮在画眉心头，
诱它再唱首晚歌。

听千干矗立的林中深处
画眉的歌声回荡——
仿佛要召我也进入林内，
在暗里伴它悲伤。

哦不行，我原是出外找星星，
我不想进入森林。
即使有邀请我也不进去，
况且我未受邀请。

选一颗像星的东西

星啊（望中最美的一颗），
我们承认你的崇高有权利
享有云的一些朦胧——
不能说该享有夜的隐晦，
因黑暗正衬出你的光辉。
孤傲者原应含一点神秘。
可是保持绝对的缄默，
如你般含蓄，我们不允许。
对我们说些什么，让我们
熟记，在寂寞时好复吟。
说吧！它说：“我在燃烧。”
可是说，究竟以多少热度，
说华氏是多少，摄氏是多少。
用我们能了解的语言倾诉。
告诉我们你综合些什么原素。
你给我们的帮助少得可惊，
但最后仍泄露了一些东西。
坚定不摇，如济慈的隐士，
自你的星座上，甚至不俯身，
你要求于我们的只有些许。
你要求我们保持点高度，
当暴民有时候受人左右，
超越了赞美或非难的分际，
让我们选一颗像星的东西，
支持我们的心灵，获得拯放。

指路

退出当前太过纷繁的一切，
退回从前的单纯，以泯去
细节，或烧掉，或化作，或断掉
像墓地石碑在风霜之余，
有一幢房子，不再是房子
有一片农场，不再是农场，
坐落一小镇，不再是小镇。
寻旧的路，如果你雇个向导
而他一心要使你迷路，
看来也许原本是采石场——
有巨石磅礴如膝盖，旧镇
早就放弃，不遮盖应景了。
在一本书里它还有个故事：
除了马拖车铁轮的辙痕，
岩层的龙脉由东南向西北，
大哉冰川曾使劲跺脚
紧抵北极所敲凿之功。
千万莫在意他透出些凉意。
黑豹岭这一边据说常如此
也莫在意严峻的考验成串，
从四十个地窖洞监视着你，
像四十个木桶后对对眼睛。
至于你上方骚动的森林，
飒飒传遍千万张树叶，
那要怪暴发户未见过世面。
近二十年前它在何处？

啄余的几株老苹果树，
承它庇荫，就如此自负。
编一首歌来自娱吧，说
这正是前人收工的归路，
那人也许徒步走在前头
或辘辘驾着满车的谷物。
冒险的高处正是乡野的
高处，从前该有两村的文化
在此交融。两者都已失去。
此刻，如果你迷路得已自警，
不妨把背后的梯路收起，
挂一块“禁入”牌，唯我例外，
就自在一下吧。仅余的
野地不会大过马具的磨痕。
首先是假装的儿童之家，
松树下几个破了的碟子，
儿童乐园的几件玩具。
小玩意逗得儿童笑，你哭吧。
再说曾有座房子，不再是房子，
只剩下地窖口开着紫丁香
正渐渐收口，像面团经人按。
这本非玩具屋而是真屋。
你的投宿地，你的宿命只是
一条山涧，曾供古屋以饮水，
寒如犹近源头的一泓清溪，
太高，太原始，不成怒潮。

（都知道溪到谷地被激怒，
倒钩和荆棘会挂上碎布。）
在水边，有一株古香柏，
成拱的柯上，我曾秘藏
一只破高脚杯子，像圣杯
且施符咒防妄人寻到，
因而得救，圣马可说，必不容妄人。
（那杯子我窃自儿童乐园。）
这就是你的矿泉和泉场。
饮之即沛然，免于迷乱。

就像仲夏的夜里

——余光中

就像仲夏的夜里
并排在枕上，语音转低
唤你不应，已经睡着
我也困了，一个翻身
便跟入了梦境
而留在梦外的这世界
分分，秒秒
答答，滴滴
都交给床头的小闹钟

一生也好比一夜
并排在枕上，语音转低
唤我不应，已经睡着
你也困了，一个翻身
便跟入了梦境
而留在梦外的这世界
春分，夏至
谷雨，清明
都交给坟头的大闹钟

华莱士·史蒂文斯

Wallace Stevens

一个人得有冬天的心肠
来关照霜与松树枝头
如何冻结了成块的雪；

无上的虚构

华莱士·史蒂文斯在美国现代诗坛上，是属于弗罗斯特、桑德堡、林赛一辈的人物，可是他对现实的处理，不像他的同伴那样直接，而他的成名，也比同伴为晚。其实史蒂文斯一直和诗坛保持相当的距离，正如他的诗和现实之间也保持适度的距离一样。他的生活方式，和迪伦·托马斯的截然相反。一八七九年十月二日，他诞生于宾夕法尼亚州的里丁城。他是法律系的学生，毕业于哈佛大学和纽约大学的法学院。一九〇四年，他在纽约市开始律师行业，直到一九一六年；然后迁去康涅狄格州的哈特福德，进入哈特福德保险公司工作。他和夫人及一个女儿从此一直住在该城，以迄逝世；一九三四年，他升任那家保险公司的副总经理。史蒂文斯视写作为纯然私人的兴趣，因此终身不与文学界人士往还。

早在一九一四年，史蒂文斯就已在门罗女士（Harriet Monroe）所编的芝加哥《诗》月刊上发表作品，但是直到一九二三年，他才出版第一本诗集《小风琴》（*Harmonium*）。由于这本诗集销数不上百册，史蒂文斯的第二本诗集《秩序的观念》（*Ideas of Order, 1935*）隔了十二年才出版。之后，他的诗集出得较频，合上述两本，共为十一种，其中包括有名的《弹蓝吉他的人》(*The Man with the Blue Guitar*)、《无上虚构的笔记》（*Notes Toward a Supreme Fiction*）、《罪恶的美学》（*Esthétique du Mal*）和《欢送至夏天》（*Transport to Summer*）。

在美国现代诗坛，史蒂文斯的风格至为特殊。一个保险公司的高级职员，在远离纽约文艺界的一个小镇上，将自己的名字写进文学史，真是不可思议的事情。史蒂文斯既无所攀附于任何宗派，更不与艾略特、奥登一脉的正统唱和，在一个向诗索取社会意义的时代，他竟断然宣称："诗就是诗，而诗人的目标就是将诗完成。"这些，加上他对自己风格持续不懈的追求，对于"成熟且探讨得至为贯彻的一种单纯的形式或意境"的向往，都是使史蒂文斯迟迟成名的原因。他去世的前一年才得到普利策诗奖。

在本质上，史蒂文斯是一位冥想的诗人，一位极具美学敏感的哲人。在美好的世界之中，他的感官欣然开放，向一切外界的繁富经验，但是，有异于意象派诗人的耽于官能经验，唯五光十色之为务，他恒企图在缤缤纷纷的意象之中，理出一种高度的秩序。在这方面，他的艺术手腕很接近现代艺术的大师，如毕加索、布朗库西、蒙德里安等富于秩序感的心灵。事实上，像《瓶的轶事》(*Anecdote of the Jar*)一类的作品，对于接受过现代画训练的读者，是更有意义也更为可解的。史蒂文斯的题目，也往往泄漏这方面的消息，例如《两只梨的初稿》《黑之统治》《混沌的鉴赏家》《基韦斯特的秩序观念》等题名，都带有一种纯粹艺术的意味。然而史蒂文斯并不是一个遁世的艺术至上论者，只是他与现实的关系和观察现实的角度，与一般现代诗人甚为不同罢了。他将自己描写为"仍然住在象牙塔里，但坚持说，塔上岁月难以忍受，除非一个人能从塔顶独一无二地俯瞰大众的垃圾堆和广告牌……他是一个隐士，独与日月相栖，却又坚持要接受一张烂报纸"。史蒂文斯的作品，都是一个主题的各殊变奏，那主题是美学的，也是哲学的。认识现实的本质，以及现实与创造性的想象之间的关系，加上信仰与秩序等，都是他最喜爱的主题。他用十一卷的诗，反复加以表现。

史蒂文斯的诗，接近纯粹艺术，富于形而上的意味，颇不易解。艾略特和庞德的诗也难懂，可是读者可以乞援于典故的注释或学说的研讨；至于史蒂文斯的诗，其晦涩处，只有靠悟性去澄清。可能因为史蒂文斯是律师出身。他在用字方面最求精确，往往下一个字眼，既使用它的本义，也动员它繁富的引申义。这当然不是一般粗心或浅俗的读者所易欣赏的。好在他的句子，在文法结构上至为严谨，不像迪伦·托马斯的那样难以捉摸。除了意象外，史蒂文斯的节奏和音韵也是值得注意的。他的句子类皆清畅明快，节奏活泼生动，音韵的呼应扣得很紧，音调的疾徐收放变化很快，长音和短音间隔得也很恰当。他的句子，显得出作者对字和词本身具有一份感官上的喜爱和对于语言的高度控制力。他的诗，在字面上，往往构成一种清纯得近乎抽象的美。这种境界也正是艾肯所追求的。难怪艾肯所编的《二十世纪美国诗》(Twentieth Century American Poetry)要以最大的篇幅容纳史蒂文斯的作品了。

相对于叶芝、艾略特等的象征主义，美国的一些诗人主张诗应该处理事物的本身而且正视我们周围美好的自然世界，不应面对事物而念念不忘它们在文化上所代表的意义。例如一朵玫瑰，除了“象征”爱情和青春以外，还有它本身的生命和价值，可以成为诗的对象。这种诗观，颇接近现代绘画(例如立体主义的静物)的精神。论者称之为“客观主义”(Objectivism)，意谓这一派作品企图将诗从主观意识的象征作用及文化联想中解放出来。威廉姆斯、玛丽安·摩尔、史蒂文斯，都是这一派的主要人物。

彼得·昆斯弹小风琴

一

正如我的手指在这些键上
创造音乐，同样的声响
在我的心灵也产生乐音。

音乐是感觉，所以，非声响；
所以，我现在的感觉，
在这间房里，感觉需要你，

想念你那蓝影子的绸衣，
就是音乐。就像苏珊娜
在两叟心中唤醒的旋律。

绿阴阴的暮色，清澄而温暖，
沐浴在寂寂的园中，浑然不知
有两叟睁红睛偷窥，且感到

他们的生命有低音在震颤
蛊人的和弦，单薄的血
弹动以指拨弦的颂诗。

二

在绿水中，清澄而温暖，
躺着苏珊娜。

她搜寻
温泉的摩挲，
而且发现
隐秘的幻想。
她叹息，
为如许旋律。

在岸上，她立着，
在凉凉的
焚余的感情。
她感到，在叶间
有露水
老耄的虔敬。

她步过草地，
仍然颤抖，
晚风如众婢，
怯怯移步，
取来她的披巾
犹自飘浮。

一口气吹在她手上，
惊噤了夜色。
她转过身去——
一声钹的猝击，
铜号齐吼。

三

立刻，铿铿然如小手鼓，
奔来她拜占庭的众女奴。

她们奇怪，怎么苏珊娜在哭，
对身畔的两叟她怎么在控诉；

女奴们窃窃语，那叠句
就像柳树扫过了风雨。

接着，她们擎起的灯焰
照亮苏珊娜和她的羞颜。
于是拜城痴笑的众女奴
遁去，骚然如敲击小手鼓。

四

美只是刹那存在于心灵——
间歇地追溯，追溯一扇门；
但美是永恒，在血肉之身。

肉体死去，肉体的美留存。
是以黄昏死去，逝在绿中，
一涌波浪，无尽止地流动。
是以花园死去，柔驯的气味

染香冬之僧衣，结束了忏悔。
是以众姝死去，应和少女
灿灿而颂的一阕圣曲。
苏珊娜的音乐拨弄白发的两叟，
拨弄他们的淫欲之弦；但它逃遁，
仅留下死亡那嘲讽的刮磨之声。
今日，在不朽之中，她的音乐
奏起她记忆的清晰琴音，
形成圣洁的赞美，永永不灭。

评析 苏珊娜（Susanna）是圣经旧约《伪书》（*Apocrypha*）中所载约基姆（Joachim）之妻。希伯来二长老窥见她沐浴，欲加诱奸，但为她所拒，且受她控告。二叟反诬苏珊娜有意诲淫，司法不察，竟判苏珊娜死罪。将就刑，先知但以理（Daniel）白女之贞，有司改戮二叟。彼得·昆斯（Peter Quince）原是莎士比亚喜剧《仲夏夜之梦》中一角色，此处史蒂文斯似乎用他做一个虚构人物，说他想念一个女人，情为之热，遂在小风琴上即兴弹奏，诉述苏珊娜的故事。

本诗仿交响曲结构，分为四个乐章：首章从容不迫陈述主题；第二章沉思而慢；第三章谐谑而快；末章庄重反复，作一总结。

瓶的轶事

我放一只瓶子，在田纳西，
浑然而圆，在一座山上。
瓶遂促使好零乱的荒野
围拱那座山岗。

于是荒野全向瓶涌起，
偃在四周，不再荒凉。
而瓶，滚圆地立在地面，
巍巍乎有一种气象。

它君临于四方的疆土。
瓶是灰色且空无。
它所付出的，非鸟，非林，
不同于一切，在田纳西。

评析

《瓶的轶事》讨论的正是艺术与自然的关系。瓶是人为的，所以属于艺术。加艺术于自然之上，荒凉的自然遂呈现一种秩序感了。

雪人

一个人得有冬天的心肠
来关照霜与松树枝头
如何冻结了成块的雪；

而且还得耐寒了很久，
才看到杜松上坡挂冰条，
针枞的乱影在远方闪耀

反射一月的阳光，竟能不想
风声里有没有一点悲惨，
零星的树叶莎莎作声，

那正是大地上面的声响，
满是同样的风声
刮着同样空洞的地方，

听风人在雪地上听来，
他自己本是虚无，看到的无非
是不在场的虚无与在的虚无。

——一九一九年

文身

光像一只蜘蛛，
它爬过水面，
它爬过雪的边缘，
它爬行在你的眼皮下，
且张开它的网——
它的双网。

你双眼之网
被系于
你的肌，你的骼，
如系于椽或草叶。
乃有你眼之柔丝
在水面
和雪的边缘。

恐怖的鼠之舞

在火鸡的国度火鸡的气候里，
在雕像的座基，我们绕来又转去。
多美丽的历史啊，多美丽的惊异！
大人在马上。马身上遮满鼠群。

此舞无名。此乃饥饿之舞。
我们向外舞，直舞到大人的剑尖，
读铭刻在座下的庄严词句，
声如古琴和小手鼓的齐鸣：

建国的元勋。有谁曾建过
自由之邦，在严冬，有免于鼠的自由？
好美丽的画啊，微微着色，巍巍耸起，
青铜的手臂伸出去，向一切的邪恶！

冬之版画

他不在这里，那老太阳，
他缺席，像我们已睡去。

田野冰冻。树叶枯干。
恶在这种幽光中已定形。

酸楚的大气中，断麦梗
有臂而无手。它们有躯体

而无腿，或有躯体而无头。
它们的头里有被蛊的呼声，

那仅仅是舌的一阵摇动。
雪片闪光，像落地的眼神。

像视觉皎皎地落向远方。
树叶跳着，刮地面而过。

这是深邃的一月。天空僵硬。
残梗牢牢地植根于冰下。
就是在这种孤独里，一个音节，
来自这一切笨重的鼓翼之间。

吟唱出它单调的虚无，
冬之音的最野蛮的空洞。

就是在此，在此恶中，我们到达
对善的了解之最后的纯洁。

老鸦像生了锈，当他起身。
闪亮的是他眼中的恶意……

另一只迎上去，与它为伍，
但是在远方，在另一棵树。

评析　原诗题目为“No Possum, No Sop, No Taters”，译者嫌其太长且累赘，易为“冬之版画”，初不足为训也。

华莱士·史蒂文斯在谈到诗歌与绘画的关系时说：“世界上也许存在一种最基本的美学，诗与画是它的不同表现方式。”这种最基本的美学就是史蒂文斯在他的诗中不断探索、不断完善的现代艺术。

找到那棵树

——余光中

苏家的子瞻和子由，你说
来世仍然想结成兄弟
让我们来世仍旧做夫妻
那是有一天凌晨你醒来
惺忪之际喃喃的痴语
说你在昨晚恍惚的梦里
和我同靠在一棵树下
前后的事，一翻身都忘了
只记得树荫密得好深
而我对你说过一句话
“我会等你，”在树荫下

树影在窗，鸟声未起
半昧不明的曙色里，我说
或许那就是我们的前世了
一过奈何桥就已忘记
至于细节，早就该依稀
此刻的我们，或许正是
那时痴妄相许的来生
你叹了一口气说
要找到那棵树就好了
或许当时
遗落了什么在树根

罗宾逊·杰弗斯

Robinson Jeffers

这里是一个象征，象征着
许多崇高的悲剧思想
狞视着自己的眼睛

亲鹰而远人的隐士

“诗是人生的批评。”一世纪前，阿诺德就如此宣称过。但是诗人们对人生的批评，方式颇不相同。以现代诗而言，奥登、斯彭德的批评，是从生活在大都市的知识分子的角度出发的。叶芝、庞德、艾略特借古喻今，借神话影射现实。卡明斯对社会的批评，是变相的个人主义的自卫。但是另一些诗人，如弗罗斯特和杰弗斯，始终站在自然的那一边，远离现代都市而批评人生。不过弗罗斯特富于同情和耐心，洋溢着生趣和幽默感，对人生只进行一场情人的争执；不像杰弗斯那样厌憎人群，欠缺耐心和幽默感，不像杰弗斯那么粗犷而剽悍，把结论下在前面，而独是其是。在悲观的态度方面，杰弗斯属于哈代和豪斯曼的一群，不同于这两位英国诗人的是：哈代在绝望之中仍寓有怜悯，而豪斯曼在无奈之余犹解自嘲，杰弗斯只有超人的轻蔑和不耐。

杰弗斯所以如此，除了自身的气质使然而外，更与早年的教育，晚年的环境有关。据说他的祖先是苏格兰与爱尔兰的加尔文派教徒；他自己则生于宾夕法尼亚州的匹兹堡，父亲是古典文学和神学教授。少年的杰弗斯随父亲去德国和瑞士，一直跟着家庭教师读书，后来才进瑞士的苏黎世大学。回到美国，他在南加州大学念医学，又去华盛顿州立大学念森林学。

二十六岁那年，杰弗斯和卡斯特小姐 (Una Call Custer) 结婚。据说他的夫人对他的影响很大。杰弗斯在一九三八年出版的《杰弗斯诗选》的《前言》中曾如此说："我的天性是冷漠而混沌的；她激发它且使它集中，赋它以视觉、神经和同情。与其说她是一个凡人，不如说她更像苏格兰民间叙事诗中的女人，热情，不驯，颇具英雄气质——或是更像一只鹰。"

终于杰弗斯和她定居在加利福尼亚州太平洋岸的蒙特利湾 (Monterey Bay)。后来，他们的孪生男孩长大了，父子三人便在卡美尔的岩岸上盖了一座石屋和一座"鹰塔"。蒙特利湾在旧金山之南，海风将绝壁上的古松吹成奇形怪状，扭曲成趣；苍鹰、白鸥、海豹分享雄奇而美的自然，而太平洋的浩阔永远张在面前，吞纳日月和星座。杰弗斯在同一篇《前言》中写道："在此地，我这一生初次目睹今人怎样生活于壮丽而天然的风景之中，正如古人生活于萧克利特斯的田园诗，或是北欧故事，或是荷马的伊萨卡一样。此地的生活能够免于那些过眼烟云的不相干的累赘。居民在此皆骑马牧牛，或者开垦海岬，而白鸥飞旋于其上，几千年来他们如此生活，几千年后他们亦将如此。这是当代的生活，也是亘古的生活，它与现代生活并不隔绝，它意识到现代生活且与现代生活发生关系；它可以表现生活的精神，但不至于被所以构成文化却与诗不相涉的许多细节和杂务牵累。”

无论在形式或精神上，杰弗斯的作品在美国现代诗坛上，都是独特的。在形式上，杰弗斯善炼长句，奔放不羁的诗行往往一挥就是二十几个音节，那节奏，似乎介于“自由诗”和“无韵体”之间。这种长句，豪迈而且激昂，但开阖吞吐之间，极具弹性，比惠特曼的“自由诗”更有节制。杰弗斯不但在诗句上，突破了传统英诗那种规行矩步的“抑扬五步格”；即在整首诗的篇幅上，也开拓出长篇叙事诗及中篇抒情诗的局面，而突破了短篇抒情诗的囿限。他那奔潮急湍的连贯节奏，对于现代诗中那种期期艾艾嗫嗫嚅嚅的语气，对于普鲁弗洛克式的吞吞吐吐欲言又止的文明腔，是一个强烈的反动。他那明快而遒劲的风格，也是针对现代诗的晦涩而发。在语言的处理上，杰弗斯是有意向散文的自然和活泼乞援的。在《杰弗斯诗选》的《前言》中，作者说：“很久以前，在我尚未写此集中任何作品以前，我就感到诗正将其力量与现实感仓促地让给散文；如果诗要持久，它必须恢复那种力量与现实感。当时的现代法国诗，和‘现代’的英国诗（按杰弗斯可能是指第一次世界大战以前），在我看来，简直是彻头彻尾的失败主义，好像诗在害怕散文，正竭力试图放弃肉体，俾自其征服者手中拯救其灵魂。”

在形式上，杰弗斯颇接近惠特曼，但是在精神上，两人却是背道而驰的。自幼即耽于希腊悲剧，及长又深受尼采和瓦格纳影响的杰弗斯，是一个猛烈的悲观主义者，和惠特曼那种近于浪漫狂热的博爱胸怀，大异其趣。在前述诗选的《前言》中，他说："另一基本的原则我得之于尼采的一句话：'诗人吗？诗人太爱说谎了。'当时我正十九岁，这句话一入心中即挥之不去；十二年后，它奏效了，我决定不用诗来说谎。不是切身的感情，决不装腔作势；决不伪称信仰悲观主义或乐观主义，或是永不倒退的进步；流行一时的，为大众所接受的，或是在知识分子圈内成为时髦的东西，除非自己真正相信，决不随声应和；同时也决不轻易相信任何事物。"

杰弗斯的雄心主要在他的长篇叙事诗和诗剧上。他屡将希腊悲剧处理过的题材，重新述之于诗，同时也试图处理西班牙后裔和印第安人的民俗。但无论在他的短篇或长篇之中，人类的渺小、卑贱、邪恶，以及文明的徒劳无功，恒与其背景的自然，沉默、壮丽而永恒的自然，形成鲜明的对照。对他而言，人类只是这个星球上一种短暂的生物现象，不但破坏了自然，抑且亵渎了神明。他一再警告美国，不要被物质文明所淹没，而沦为廿世纪的罗马帝国。他最厌恨游客和文明侵害蒙特利海岸；在诗中他愤然说："橘皮、蛋壳、破布和干凝的——粪，在岩石的角落里。"又说："我宁可杀一个人，也不愿杀一只鹰。"

杰弗斯诗中的世界观既如是其褊狭而自信，当然免不了批评家的攻击了。一九三〇年二月份的《诗》月刊上，理性主义的批评家温特斯（Ivor Winters）就已指出，“忘却自己，全然泯灭一己的人性，是他能给读者的唯一好处”，结论是，杰弗斯的诗是一个伟大的失败。说杰弗斯是一个失败，当然不公平，但是在另一方面，杰弗斯的“大诗人”的地位也不很巩固。杰弗斯能挣脱现代诗的晦涩和嗫嚅，能将散文的活力和叙事诗的浩阔注入现代诗中，并以一个冷静而有力的先知之声君临迷失中的美国文明，这些都是他的贡献。但是他欠缺大诗人对人类的热忱，和大诗人那种平衡而广阔的心灵，以致信奉尼采而趋极端，与鹰日近，与人日远，竟与人类为敌。这种病态，与庞德的敌视美国一样，是既值得同情又令人深为惋惜的。

张健曾谓我颇受杰弗斯影响。六十年代早期，在形式上，我确曾受到他的启示。我觉得，在浩阔的节奏上，台湾诗人最接近杰弗斯的，是阮囊。

致雕刻家

以大理石与时间奋斗的雕刻家，
你们这些注定失败的
向遗忘挑战的勇士，
吞食可疑的报酬，知道磐石会开裂，
纪录会倾倒，
知道方正的古罗马文字
随溶雪而剥落如鳞，被雨水冲洗。
同样地，
诗人解嘲似的竖起他的纪念碑；
因为人会毁灭，快乐的地球会死去，
美好的太阳会目盲而死，
会一直黑死到内心，
虽然碑石已经矗立了一千年，
而痛苦的思想
在古老的诗篇里找到甜蜜的和平。

圣哉充溢之美

海鸥的暴风之舞，海豹的对吠之戏，
在汪洋之上，在汪洋之下……
圣哉充溢之美
恒君临百兽，南面造化，使万木生，
使山涌起，浪落下。
不可信服的欢愉之美
装饰四唇之会合以火星，啊让我们的爱
也会合，更无一处女
为爱而焚身而焦渴，
甚于我热血之为你焚烧，濒此海豹之滨，
而鸥翼
在空际如织网然织起
圣哉充溢之美。

秋晚

虽然微云们仍南向而奔，九月底的黄昏
那种安详的秋之凉意
似乎预兆着雨，雨，年节的递变，忧郁的林莽
之守护神灵。一只苍鹭飞过，
曳一声荒远可笑的长啼“库阿克”，那啼声
似乎加寂静于寂静。十二下
翼的拍动，一次俯冲的滑翔，最后是
那啼声，是再度翼的十二下拍动。
我仰望他逝于染秋色的太空；而鸟外
木星亮起，充一次黄昏星。
海的声调沁入了我的情调，我乃念及
“无论人有何遭遇……这世界总算开辟得不错。”

运动会与侠行、戏剧、艺术、舞者的诙谐之姿，
和音乐的沛然之声
能迷惑孩子们，但不够宏伟；唯悲苦的肃然
能创造美；唯心灵
了然，且发育成长。

猝然一阵雾飘来，笼罩大海，
引擎声勃勃然在其中移动，
终于，一投石之遥，在巨岩与雾气之间，
一艘接一艘移动着黑影，
自神秘中出来，渔舟的黑影，首尾相衔，
跟随绝壁的引导，
维持一条艰难的路线，一边，是阴险的海涛，
一边是花岗岩岸的浪涛。
一艘接一艘，跟着为首，六渔舟徐行而过，
自雾气中出来，又没入雾气，
引擎的颤动半掩在雾中，忍耐而且小心，
紧绕着半岛而驶行，
驶回蒙特瑞[1]港的浮标。塘鹅成队的飞行
也不及此景望之更可爱；
星群的飞行也不比此景更宏伟；凡艺术皆丧失价值，
比起这最高度的现实：
当某些生命从事自身的业务，在同样
肃穆的大自然的元素之中。

1　即蒙特利。

暑假

当太阳在呐喊而行人很拥挤，
遂想起曾经有石器时代和青铜时代，
和铁器时代；铁那种不可靠的金属；
钢生于铁，不可靠一如其母；矗立的大都市
将变成石灰堆上的点点铁锈。
乃是有段时期草根刺不透废墟，
慈祥的雨水会来救护，
于是铁器时代什么也没有留下，
而这些行人只留下根把股骨，贴在
世界思想中的一首诗，垃圾中的
玻璃碎屑，远处山上的一个水泥坝……

手

塔沙嘉拉的附近，一个峡谷的洞中，
巨石的圆顶上绘满了手的形状，
在幽光里，千万只手，
密布如云的人掌，如此而已，
更无其他图形。没有人能告诉我们，
这些已死的羞怯，安静的褐色族人的原意，
是宗教，或是巫术，或是由于艺术的有闲，
描下了这些掌形；越过时间的分割，
这些谨慎的手状符号像密封的消息，
说："看哪，我们也曾是人类；我们有手，
而非爪。欢迎啊，
有更聪明的手的后人，我们的继承者，
盍来此美丽土地；欣赏她一季，
享她的美，然后倒下
且被人承继；因你们也是人类。"

窗前的床

楼下朝海的窗前，
我选定那张床为理想的弥留之榻，
当我们盖这石屋；此时它现成地等待着，
没有人用它，除非一年睡一位远客，
来宾根本不怀疑
它未来的用意。每每我望着它，
也不厌憎，也不热情；毋宁说两者兼有，
而两者
竟相等而相克，只遗下一种
晶明的兴趣。
我们能安心做完必须做完的一切；
于是有声扬起焉如音乐，
当海石与太清的幕后，那久等的巨灵
拄杖叩地，且三呼："来矣哉，杰弗斯！"

退潮夕

太平洋很久没有这么安详了；
五只夜行的苍鹭
在几乎能映出其翼的平静的退潮之上，
悄然沿岸而飞，在展息的大气层中。
太阳已下降，海水已下降
自满覆海藻的岩石，但远处云壁正上升。
潮在低语。
庞大的云影浮在珠白色的水中。
自宇宙之幕的罅隙淡金色隐现着，于是
黄昏星猝然滑动，像一枝飞行的火炬。
似乎原来不准备给我们窥见；在宇宙的幕后
正为另一类观众举行预演。

没有故事的地方

沙芙莲河附近的海滨山地：
旷无一树，只有昏黑，
贫瘠的牧野，瘦削地张在
状如火焰的巨岩之上；
苍老的汪洋在大陆的脚下，那浩瀚的
灰色伸展着，在迤逦的白色的激动之外；
一群母牛和一头雄牛
在极远处，在晦暗的山坡上，难以辨认；
灰色的鸿蒙中出没鹰的幽灵：
此地是我见过的第一壮观。
　你不能想象
人类插足于此，有任何举动
而不冲淡这寂寞中反躬自观的热情。

岩石与鹰

这里是一个象征，象征着
许多崇高的悲剧思想
狞视着自己的眼睛。

灰白的巨石，矗立在
海岬之上，在此处，海风
不让任何树生长，

曾受地震的考验，且签上
几世纪暴风雨的名字，在岩顶
屹立着一座鹰。

我想，这是你的标记，
悬在未来的天空；
不是十字架，不是蜂巢。

只是这座；光明的力量，黑暗的和平；
强烈的意识加上最终的
超越一切的冷静；

生命，伴以安详的死，那苍鹰的
现实主义者的怒目与飞行
联合于这巨伟的

岩石的神秘主义，
失败无法把它推倒，
成功也不能使它骄傲。

恺撒万岁

不要难过：是我们的先人做的事情。
他们只是无知而轻信，他们要自由，也要财富。
他们的子孙会盼望出现一个恺撒，
或者出现——因我们只是娇嫩而混杂的移民，
不是鹰扬的罗马人！
出现一个慈祥的西西里暴君，盼望他
在罗马人来到之前，抵御贫穷和迦太基。
我们是容易统治的，一种合群的民族，
洋溢着柔情，精于机械，且迷恋奢侈品。

这些宏伟而致命的运动，向死亡：群众的宏伟
使怜悯成为愚蠢；伤神的怜悯，
对整体的每一份子，
对人人，对受难者——使赞美，
使我对他们所建的悲剧美的赞叹，显得多丑陋。
那种美，像一条河的流动，或是一道缓缓聚集的
冰川，在一座高山的石颜之上，
注定要犁倒一座森林，或者像十一月之霜，
金黄，熊熊的丛叶的死之舞，
或者像一个女孩子在失贞之夜，流血而且接吻。
我愿焚自己的右手在缓缓的火上，
以改变未来……但这样做是愚蠢的。
现代人的美，不在人身，在那
悲惨的节奏，那沉重而机动的群众，被噩梦
牵引的群众，群众之舞，沿一座黑山而下。

很不快乐，为了和我无关的
一些辽远的事情，我蹀躞着
在太平洋边，且爬上瘦削的山脊，
暮色中守望
星座们飞越过寂寥的汪洋，
而一只黑鬣奋张的雄野猪
用长牙翻掘毛巴索山[1]的泥土。

老怪兽议论咻咻，“地下有甜草根，
胖蛴螬，光甲虫，发芽的橡实。
欧罗巴最好的国家已灭亡，
那是说芬兰，
而星座们照样飞越寂寥的汪洋。”
那黑鬃戟指的老野猪，
边说边撕毛巴索山的草地。

“这世界是糟透了，我的朋友，
还要再糟下去，才有人来收拾；
不如将就在这座山上躺
四五个世纪，
看星座们飞越寂寥的汪洋，”
野猪的老族长这么说，
一面翻掘毛巴索山的荒地。

---

1 Mal Paso，马尔帕索山，秘鲁中部一座山峰。

“管他什么高谈民主的笨蛋，
什么狂吠革命的恶狗，
谈昏了头啦，这些骗子和信徒。
我只信自己的长牙。
自由万岁，他娘的意识形态，”
黑鬣的野猪真有种，他这么说，
一面用长牙挑毛巴索山的草皮。

有关系。让它们去儿戏。
让大炮狂吠，让轰炸机
发表它亵渎神明的谬论。
没有关系，这正是时候，
纯粹的残暴仍是一切价值的祖先。

除了狼的齿，什么东西能把
羚羊的捷足琢磨得如此精细？
除了恐惧，什么能赋鸟以翼？除了饥饿，
什么能赋苍鹰的头以宝石的眼睛？
残暴曾经是一切价值的祖先。

谁会记忆海伦的那张脸，
如果她缺乏古矛可怖的光圈？
谁造成基督，除了希罗与恺撒，
除了恺撒凶狠而血腥的胜利？
残暴曾经是一切价值的祖先。

千万莫哭，让它们去儿戏，
老残暴还没老得不能生新的价值。

评析 和叶芝一样，杰弗斯也体会到，创造和毁灭同为文化所必需，因此，反面的罪恶往往促现正面的价值。“古矛可怖的光圈”（The terrible halo of spears）指海伦引起的特洛伊战争。没有那场战争，怎有希腊多彩多姿的神话和文化？同样地，没有暴君希律（Herod）与恺撒等的残暴，怎有仁慈的基督？最后一行的老残暴（old violence）是修辞中的所调“拟人格”（personification）。

眼

大西洋是汹涌的护城河，而地中海
是古花园中一汪澄蓝的池塘，
五千多年来两者曾吸饮战舰与血的
祭品，仍然在阳光中闪动；但此处，在太平洋上，
舰队，机群，与战争，皆毫不相干。
目前我们和悍勇的侏儒们的血仇，
或是未来西方与东方争雄的
世界大战，流血的移民，权力的贪婪，杀人的鹰，
都是大天秤盘上的一粒微尘。
此地，从这多山的岸，暴风雨中，岬外有岬，
　　相续而跃如一群海豚，自灰蒙蒙的海雾
跃入苍白的大洋，你面西而望，望如山的海水，
　　它是半个行星：这圆顶，这半球，这隆然突起的
水之瞳，拱起，及于亚细亚洲，
澳大利亚洲和白色的南极洲；那些是永不闭起的
　　眼皮，而这是凝视的，不眠的
地球的眸子，它所观察的不是我们的战争。

评析

这首作品写于二次大战之际。所谓“悍勇的侏儒们”想系指日本人。本诗的构想建筑在一个中心的意象上。太平洋汪汪亿万顷，几乎占有地球之半，颇像一只眼睛；南北美洲、亚洲、澳洲[1]、南极洲环于四周，恰似永不阖上的眼皮。

1 这里指大洋洲。

鸟与鱼

每年十月，几百万条小鱼沿岸而泳，
沿着这大陆的花岗石边缘，
在它们当令的季节：海禽们多盛大的庆祝。
万翼嚣嚣，如女巫闹节，
蔽没昏黑的海水。重磅的塘鹅嘶喊，“豁！”
　　如约伯之友的战马
自高空潜水而下，鹭鸶群
滑长长的黑躯入水中，穿绿色的幽光，
捕食如狼。尖叫的鸥群在旁观，
因嫉妒与敌视而发狂，且怨诟，且疾攫。
　　多么神经质的贪婪！
填胃而果腹！　暴徒们的
神经猝发几乎像人类——多可敬的禽兽——
　　仿佛它们正当街
发现了黄金。它比黄金更可贵，
它能够充饥：暴动的野禽中谁怜悯鱼群？
绝无鸟能怜悯。公理与仁慈
是人类的梦想，无关鸟，无关鱼，
无关永恒的上帝。
可是啊——离去之前你不妨再看一眼。
这些翅膀，这些疯狂的饥饿，
这些奔波逐浪的小屿，
　　明快的鲦鱼，
生于恐怖，只为了死于痛苦——
人类的命运，亦鱼类的命运——列屿的岩石，
屿外的大洋，和罗波斯岬

黑压压，在海湾之上：美丽不美丽？
那正是它们的气质：不是仁慈，不是心灵，
　　不是良善，是上帝的宏美。

红烛

——余光中

三十五年前有一对红烛
曾经照耀年轻的洞房
——且用这么古典的名字
追念厦门街那间斗室
迄今仍然并排地烧着
照着我们的来路，去路
烛啊愈烧愈短
夜啊愈熬愈长
最后的一阵黑风吹过
哪一根会先熄呢，曳着白烟？
剩下另一根流着热泪
独自去抵抗四周的夜寒
最好是一口气同时吹熄
让两股轻烟绸缪成一股
同时化入夜色的空无
那自然是求之不得，我说
但谁啊又能够随心支配
无端的风势该如何吹？

托马斯·斯特尔那斯·艾略特

T. S. Eliot

摇摆于风中，如一田成熟的玉米。

梦游荒原的华胄

如果我们承认叶芝是二十世纪英语世界最伟大的诗人，则另一方面，我们不能不承认，艾略特曾是二十世纪最具影响力的诗宗。拥有诺贝尔文学奖和英国的大成勋章，任过剑桥和哈佛的诗学教授，接受了欧洲和美国十几个大学的荣誉博士学位，晚年的艾略特可以说享尽了作家的声名和学者的权威。销了十一版的《简明剑桥英国文学史》，将最后一章题名“艾略特的时代”。到现在为止，讨论他作品及批评的专书专文，已经可以摆满一个书架。翻开有关现代诗的任何英文著作，索引之中，必有他的名字，且必然占据最大的空间。他在美国明尼苏达大学演说的时候，听众超过一万三千人；据说，自希腊的索福克勒斯以来，那是最高的纪录。对于一个诗人来说，这实在不算寂寞了。

然而艾略特也没有浪得虚名。他是现代最成功的诗剧（verse drama）作家；他的诗剧，尤其是早期的《大教堂中的谋杀》

(*Murder in the Cathedral*) 和稍晚的《鸡尾酒会》(*The Cocktail Party*),都非常卖座。艾略特的诗以难懂闻名,他的戏剧倒流畅易解,背景或主题虽是宗教的,剧中诗句却具有自然的口语节奏,使观众忘记了那原来是诗。在这方面,艾略特从詹姆斯一世时代的剧作家(Jacobean dramatists)那里学到不少东西。米德尔顿(Thomas Middleton),图尔纳(Cyril Tourneur)和韦伯斯特(John Webster)教他如何炼句并控制诗行的节奏。

但是形成他的学术地位甚至权威的,则是他的文学批评。他的批评,以诗为主要对象,在重新评判前代的作家之余,几乎改写了半部英国文学史。原来英国的浪漫主义,发生于华兹华斯、柯尔律治、雪莱和济慈,到了丁尼生已经集大成。丁尼生以后,渐趋褊狭,成为滥调:罗赛蒂的"前拉斐尔主义"是一变,王尔德的唯美主义又是一变。九十年代的颓废,乔治王朝的假田园风,使浪漫主义奄奄欲绝,病态毕呈。半世纪前,年轻的艾略特在白璧德和桑塔耶拿的启发,与休姆(T. E. Hulme)和庞德的影响之下,竟而成为反浪漫运动的一个领导人物。他对雪莱的批评非常苛严。他认为拜伦和史考特在某一方面只是取悦社会的文人。他认为弥尔顿写的是死英文;在十七世纪的诗人之中,乃崇约翰·邓恩而抑弥尔顿。在十九世纪诗人之中,他尊霍普金斯而黜丁尼生。由于他的再发现,大家重新热烈地阅读但丁。透过他的创作和批评,大家不但再发现古典作家,且发现那些作家非常"现代"。而这,不但是古典在影响现代,也是现代在不断地改变古典。

“没有一个诗人，没有一种艺术的艺术家，能独自具备完整的意义。他的意义，他的欣赏，在于玩味他与已死的诗人和艺术家之间的关系。你不能孤绝地予他以评价；你必须，为了对照和比较，置他于古人之中。我的意思是要把这种对比当作美学性的批评的，而不仅是历史性的批评的，一个原则。诗人必须遵从，必须依附传统，但这种必须性不是片面的；一件新的艺术品创造成功了，它的影响同时作用于前代的一切艺术品。现存的不朽杰作，在相互的关系之间，本已形成了一个美好的秩序；但是一件新的（真正独创的）艺术品纳入这个秩序时，也就调整了原有的秩序。新作品未出现以前，现存的秩序原是完整无缺的；一旦纳入了新奇的因素，为了要维持秩序。‘整个’现存的秩序，不论变得多轻微，都势必改变：于是每件艺术品对整个艺术的关系、比例和价值，都重新获得调整；而这，便是新旧之间的调和。凡是接受欧洲文学及英国文学中这种秩序观念的人，当会同意一点：即现在能使过去改观，其程度，一如过去之指引现在。”

这是艾略特代表性的论文《传统与个人的才具》中的一段。它正好说明，艾略特虽然强调传统，他的传统观并不是以古役今，而是古今之间的交互作用：古，是既有的秩序，今，是投入既有秩序使之改变因而形成新秩序的一种因素。我们可以说，艾略特的出现，也已使欧洲文学的传统，多多少少为之改观。

艾略特在创作和批评上的另一个重要发现，便是所谓“感性的统一”。他认为十七世纪末的文学有一个现象，即他所谓的“感性的分裂”，将“机智”与“热情”分家。这种分裂的现象，据艾略特的解释，导致了十八、十九两个世纪处理人性时所表现的偏差：即十八世纪的囿于理性和十九世纪的放纵感情。他认为在约翰·邓恩及十七世纪初期的其他作家的作品里，两者原是统一的。而他在自己诗中，努力企图恢复的，正是这种理性与感情的统一。席德尼（Sir Philip Sidney）的名句：“观心而写”，艾略特认为观看得还不够深。他说：“拉辛和约翰·邓恩的观察，进入心以外的许多东西。我们同时需要观察大脑的皮层、神经系统和消化神经纤维束。”

艾略特的诗并不多产。从一九一五年在芝加哥《诗》月刊发表的《普鲁弗洛克的恋歌》（*The Love Song of J.Alfred Prufrock*）到一九四四年的《四个四重奏》（*Four Quartets*），二十多年之中，总产量不过五千行，其中八分之一还是写给儿童看的谐诗。就凭这极少量的创作，艾略特成为世界性的现代大诗人。

一九二七年，当艾略特三十九岁那年，他归化为英国子民，而且皈依英国国教，宣称自己“以宗教言，为英国天主教徒，以政治言，为保皇党员，以文学言，为古典主义者”。他的诗，无论在思想或风格上，皆可以这种转变为分水岭。早期的诗，以《荒原》为代表作，从《普鲁弗洛克的恋歌》到《空洞的人》（*The Hollow Men*），大致上皆以现代西方文化的衰落为主题，表现第一次大战后现代西方人在精神上的干涸：日常生活因欠缺新生的信仰而丧失意义与价值，性不能导致丰收，死亡不能预期复活。艾略特似乎梦游于欧洲文化的废墟上，喃喃地自语着一些不连贯的回忆和暧昧的欲望。不过评价极高讨论最多的《荒原》，似乎不是一首完整而统一的杰作，晚近的批评对它渐渐表示不满。以片段而言，《荒原》不乏令人赞赏的残章，但整首诗给人的感觉是破碎且杂乱的，同时用典太繁，外文的穿插也太多。

《空洞的人》标出了精神的最低潮，也显示绝对的空虚，似乎是为早期诗中那些虚幻人物作一次嘲讽性的哀悼。正式崇奉英国国教后，艾略特的诗中开始显示出一种悔罪的调子，一种对于精神上宁静之境的追求。这时他用的典大半取自《圣经》、崇拜仪式、圣徒著述与《神曲》。《圣灰日》（*Ash Wednesday*）是他转向宗教信仰的开始，情绪上既忏悔又存疑，形式上也比较缓和了些。《三智士朝圣行》在形式上自然而平易，有一种《圣经》的气氛和朴素之美。但艾略特真正的杰作，仍推《四个四重奏》。《四个四重奏》是一组结构和主题皆接近的冥想诗，创作的时间前后近十年，也是艾略特的压卷之作。在体裁上，艾略特使用的是独白体。在结构上，他使用了速度互异曲式不同的五个乐章的音乐原理。在主题上，他深入而持久地探索宗教的境界，企图把握时间与永恒，变与常之间的关系，并且修养一种无我的被动状态，借以在时间之流中获致超时间的启示。完整的形式，贯彻的主题，以及持续的形而上的思考，使《四个四重奏》成为一组异常坚实的作品。

时间，是艾略特作品中最重要的“萦心之念”。在他的诗中，目前所发生的一切，往往牵连到个人的种种回忆和欲望。回忆是过去，欲望是未来，因此这种纠结将不同的时间（今、昔、未来）压缩在诗的平面上。而织入这一切纠结的图案中的，是个人所属的全文化的背景、宗教、神话、古典文学，也就是说，全民族合做的一个梦。一个有文化修养的心灵，几乎一举一动，都联想到与他个人的经验交融叠现的，已被经验化了的古典意境。

同时，在艾略特的世界里，内在的感情和心境很少直接描述出来；这种情思，往往非常间接地不落言诠地反映在目之所遇耳之所闻感官经验所接触的，外在的事物上面，因此，对于艾略特，外在发生的一串事情，或呈现的一组物象，就形成了内在的某一种情绪。这种平行叠现的连绵不断的发展，相当于小说中处理的意识流。艾略特自称这种手法为“客体骈喻法”（objective correlative）。在这样安排下，他的诗将暗示扩至极大，且将说明缩至极小。这种化主为客，寓主于客的跳越与移位，加上时间的压缩和纷繁的典故，构成了艾略特的“难懂”。可是，由于意象鲜明，节奏活泼，文字精确而敏锐，艾略特的诗恒呈现一种超意义的感官上的透明，往往能使读者在典故和说明之外，得到（或多或少的）纯主观的感受。

论者或以艾略特比拟百年前的阿诺德。两人确有不少地方相似。在批评方面，两人都是一代的文化大师，都具有权威性，都崇尚古典的传统，且反对浪漫的倾向。中年以后，两人都写了不少社会批评，且反对由科学来领导社会。在诗一方面，两人的主题都是病态社会中病态的个人。当然，阿诺德的诗对十九世纪末的影响，远不如艾略特对二十世纪的影响深邃。

然而艾略特对于现代诗人的影响，也不完全健康。他的主知主义（intellectualism）的诗观和诗风，于廓清浪漫主义的末流，扫除伤感的文学方面，曾有重大的贡献，但也无形中矫枉过正，阻碍了年轻一代抒情的冲动，以致青年作者落笔时往往故作少年老成心灰意冷之状。于是所谓现代诗，往往成了青年写的老人诗。现代诗在情诗方面的歉收，一大半要归咎于艾略特。另一方面，艾略特像他的朋友庞德和乔伊斯一样，不但学问渊博，抑且兼通数种文字，因而在作品中引经据典，出古入今，吞吐神话和宗教。一般青年作者趋附成风，但才力不足以驱遣前人遗产，遂演成驳杂破碎的局面。所以迪伦·托马斯一出现，艾略特的地位便开始动摇了。近十多年来，年轻一代的诗人似已渐渐摆脱了那种矫枉过正的主知，和以诗附从文化骥尾的作风。

艾略特自己的诗，在后人的评价上，也许会不如今人那么推崇。他的视域并不宽广。他的兴趣，在本质上似乎仍是宗教的，因此他的注意力似乎集中在人性的两端（在圣贤与罪人身上），而几乎无视于中间的广阔经验。他在社会思想上的保守，也使不少崇拜他艺术成就的作家们感到失望，甚或愤怒。

一女士之画像

你已经犯了——
和奸之罪：但那是在异国，
何况那女孩已死去。

——马耳他的犹太人

一

十二月的一个下午，四周是烟是雾，
你让景色自己去安排——看来是如此——
说："我特地空出这个下午来，为你；"
此外是暗了的房中，四支蜡烛，
四圈光环，投在头顶的天花板上，
一种气氛，像朱丽叶的坟墓，
准备了，为一切事物，要讲的，或不讲。
我们刚去，不妨说，去听最近的波兰人
传递那些序曲，由他的指尖和长发。
"好亲切啊，这萧邦，我想他的灵魂
只可以复活在几个知己之间，
二三知己，不会去触抚那花朵，
在音乐室中那花被揉过，被盘问过。
——对话就这样子溜滑，
在淡淡的欲望和小心捕捉的懊悔之下，
透过小提琴瘦长的音调，
融和着远漠的小喇叭，
开始说道。
"你不知道他们对我多重要，那些朋友，

你不知道多稀罕多奇怪啊，去找寻，
这么，这么零零碎碎拼起来的一生，
(说真的我才不喜欢呢……你知道?
你眼睛真灵!
你真是好会观察！)
去找寻一个朋友能具备这些条件，
具备，而且能付出
这条件，友情就靠这些做基础。
我对你这么说，有重大的意义——
要失去这些友情——生命，多可怕！”

在曲折的小提琴
和嘶哑的小喇叭
那种歌调的围绕下，
我的脑中升起一种单调的鼓声，
荒谬地，自个儿的序曲敲了又敲，
游移不定的单腔单调，
至少那是一个确定的“假音符”。
——让我们去换换空气，烟味好闷人，
去欣赏那些碑石，
讨论新鲜的时事，
校正我们的表，向街上的钟楼，
然后坐半个钟头，喝点啤酒。

二

正是紫丁香开放的花季，
她供了盆紫丁香在房里，
她一面捻一朵，一面谈心。
“啊，朋友，你不知道啊，你不知道
生命是什么，生命就握在你手里”；
（慢慢捻着紫丁香的细茎）
“你让它流啊流，你让它流掉；
年轻是残忍的，也不懂懊恼，
看不见别人的处境，反当作笑话。”
我笑笑，只好，
且继续喝茶。
“看这些四月的落日，总教人想起
埋葬了的一生，和春天的巴黎，
只感觉无限的安静，发现这世界
还是好奇妙，好年轻啊，到底。”
　　那声音又响起，像一把破提琴，
在一个八月的下午，坚持着走音：
“我一直相信，你能够明白
我的感情，一直相信你敏感，
相信隔着鸿沟你会把手伸过来。
　　你不会受伤，你没有阿岂力士[1]的弱点。

1　指阿喀琉斯。

你会前进，而当你已经得胜，
你可以说：许多人在这点功败垂成。
而我有什么呢，我有什么啊，朋友，
有什么好给你，你能接受我什么东西？
除了一个人的同情和友谊，
一个人，快到她旅途的尽头。

我只好坐在这里，倒茶给朋友……"

我拿起帽子：我怎能懦怯地补偿，
为了她对我说过的话？
每天早晨你都会见我，在公园里
读漫画和体育版的新闻。
特别，我注意
一个英国伯爵夫人沦为女伶。
一个希腊人被谋杀于波兰舞中，
另一个银行的欠案已经招认。
我却是毫不动容，
我始终保持镇定，
除了当手摇的风琴，单调且疲惫，
重复一首滥调的流行歌，
有风信子的气息自花园的对面飘来，
使我想起别人也欲求过的东西。
这些观念是对还是错？

三

十月的夜色落了下来；我重新回头，
只是微微地感到有点不对劲。
我攀上了楼梯，转动门的把手，
且感觉似乎用四肢在地上爬行。
“原来你要出国了；你可有归期？
不过这是多此一问了。
你也不知道何时才回国，
你会发现有好多要学习。”
我的微笑，沉重地，向古玩堆中陷落。

“也许你可以写信给我。”
有那么一刹那，我的镇定燃起；
这，正如我所预期。
“近来，我一直常感到奇怪，
（不过开头时谁也不知道结局！）
怎么，我们竟没有发展成知己。”
我的感觉像一个人，笑着笑着，一转身，
猝然，在镜中瞥见自己的表情。
我的镇定融解着；我们在暗中，当真。

“大家都这样说，我们所有的朋友，
大家都相信，我们的感情会接近，
好亲好亲！我自己也弄不明白。
这件事只好交给命运。

总之啊，你要写信。
也许还不晚，这事情。
我只有坐在这儿，倒茶给朋友。”

　　而我必须向每一个形象的改变
去借用表情……必须跳舞，跳舞，
如一头狂舞的熊，
呜呜如鹦鹉，喋喋如猿。
让我们去吸口空气，这烟味像闷雾——

　　唉唉！万一有一个下午她死去，
灰烟蒙蒙的下午，玫瑰红的黄昏；
万一她死去，留下我在桌前，笔在掌中，
而烟雾降下来，在人家的屋顶；
不能决定，一时
不知道该怎样感觉，懂还是不懂，
究竟是聪明或愚笨，太早或太迟……
这样岂不也对她很相宜？
这音乐好成功，拖一个“临终的降调”。
说到临终——
我应否有权利微笑？

评析 《一女士的画像》是艾略特早年的第二首作品，可以代表他早期的一般风格。在主题上，它可以说是《普鲁弗洛克的恋歌》的姐妹篇。不同的是：“普”诗的诗中人是个未老先衰自疑是性无能者的中年人，而《一女士的画像》诗中人是一个不肯接受老处女（那位女士）爱情的青年；前者引经据典，后者较为平实；前者文字比较繁复，后者文字较为口语化，表现的方式也较为戏剧化。老处女和青年人之间关系的发展，历时约为一年，随着季节的互异（十二月、四月、十月）而起变化。值得注意的是：诗中角色虽有二人，说话者始终是那位老处女，内心的反应则属于那位青年人，处理手法非常细腻。副标题三行，摘自伊丽莎白时代戏剧家马罗的作品。“你已经犯了”和“和奸之罪”中间的破折号很重要，因为它暗示了诗中人犹豫不决的心情。

波士顿晚邮

《波士顿晚邮》的读者们
摇摆于风中，如一田成熟的玉米。

当黄昏在街上朦胧地苏醒，
唤醒一些人生命的欲望，
且为另一些人带来《波士顿晚邮》，
我跨上石级，按响门铃，疲倦地
转过身去，像转身向罗希福可点头说再见，
假使街道是时间，而他在街的尽头；
而我说，“海丽雅特表姐，波士顿晚邮来了。”

评析

罗希福可即拉罗什富科（La Rochefoucauld，1613—1680），法国讽刺作家，以为人类一切行为之动机不外是自私自利。

小亚波罗先生

何等新奇！赫九力士[1]在上，何等矛盾的调和！
斯人也，创意何等高明。

——卢先

当小亚波罗先生来访问美国，
他的笑声在众人茶杯里琤琤响起。
我想起佛拉吉连，赤杨林中那害羞的影子，
想起灌木丛中的普赖厄帕斯[2]
张口凝视秋千架上的贵妇。
在佛拉克斯夫人的宫中，鲍张宁教授的寓所，
像一个不负责任的胎儿，他笑呵呵。
他的笑声自海底沉沉传来，
声如海中的老人，
藏在珊瑚的岛底，
是处溺者不安的尸体漂坠，在绿色的静寂，
坠自海涛的手指。
我寻找小亚波罗先生在椅下滚动的头颅。

　　或者在一张帘幕上露齿而笑，
发间飘动着海藻。
我听见人马妖的四蹄在践踏坚硬的草地，
当他干涩而热情的谈话吞噬着下午。

1　指赫拉克勒斯。

2　指普里阿波斯。

"他真是好迷人"——
"他究竟是什么意思？"——
"他的尖耳朵……他一定心理不平衡，"
"他刚才说的话，有一点我真想质问。"
至于富孀佛拉克斯夫人和鲍教授夫妇，
我只记得一片柠檬，和一块咬缺的甜饼。

评析 本诗原题是 Mr. Apollinax。Apollinax 的意思是 son of Apollo，故译为“小亚波罗先生”。卢先（Lucian）是二世纪希腊散文作家。普赖厄帕斯（Priapus），酒神狄俄尼索斯与爱神阿佛洛狄忒之子，园圃之神，亦生殖力之象征，后转为淫神。佛拉吉连和普赖厄帕斯，都是法国十八世纪画家弗拉戈纳尔（Jean-Honoré Fragonard）名画《秋千》中的角色。鲍张宁教授（Professor Channing-Cheetah）显然是艾略特自撰的复合字：张宁可能指美国唯心论者 William Ellery Channing；至于 Cheetah，原属豹类，故译为谐音的“鲍”。“海中的老人”应指海神普洛丢斯（Proteus）；至于珊瑚岛等意象，又似乎和莎士比亚的《暴风雨》发生联想。第二段第三行想系影射马拉美的《牧神的黄昏》（*Afternoon of a Faun*）。

把张宁和豹连缀在一起而铸成新词，正是艾略特以不类为类的惯技。张宁是文明的，豹是野蛮的；这种结合，正是小亚波罗先生的矛盾特质，因为在本诗中，小亚波罗一方面是害羞而且多智，另一方面却又粗鲁而野蛮。他的一举一动，都反映在诗中人“我”和宾客的感想之中，且以生动的意象呈现出来。笑和海，是本诗的两个基本意象；把本诗中海的意象和《普鲁弗洛克的恋歌》中海的意象作一比较，将非常有趣。最后的两行说，关于佛拉克斯夫人和鲍教授夫妇，诗中人所留下的印象，只是一片柠檬和一块咬缺的甜饼干而已。也就是说，等于没有什么印象，不过是又一次的酒会罢了。显然，这是一首讽刺诗。

本诗间或用韵，译文未全遵从。

三智士朝圣行

“好冷的，那次旅途，
拣到一年最坏的季节
出门，出那样的远门。
道路深陷，气候凌人，
冬日正深深。”
驼群擦破了皮，害着脚痛，难以驾驭，
就那么躺在融雪之上。
好几次，我们懊丧地想起
半山的暑宫，成排的平房，
以及绸衣少女进冰过的甜食。
然后是驼奴们骂人，发牢骚，
弃队而逃，去找烈酒和女人，
营火熄灭，无处可投宿，
大城仇外，小城不可亲，
村落不干净，而且开价好高：
苦头，我们真吃够。
终于我们还是挑夜里赶路，
赶一阵睡一阵，
而一些声音在耳际唱着，说
这完全是愚蠢。

然后曙色中我们走进了一个温和的谷地，
潮湿，在雪线下，草木的气息可闻；
有一道奔流的溪水，一扇水车旋打着残夜，
有三棵树在低低的天边，
还有匹老白马在牧场上奔向远方。

然后我们来到一个客栈，门端攀着青藤，
六个汉子在敞着的门口赌着银子，
且赌且踢空皮酒囊子。
但是问不出什么消息，便朝前赶路，
天暗时到达，一刻钟也不早，
就摸到那地方；真是（可以说）恰好。

　　这是好久以前的事了，我记得。
再走一次我也愿意，只是要记下，
把这点记下，
这点：带了我们那一大段路，究竟为了
生呢，还是死？是有一个婴孩诞生，真的，
有的是证据，不容怀疑。我见过生和死，
一直还以为是两件事情；这种诞生
对我们太无情，太过痛苦，如死，如我们的死。
回是回到家里来了，回到这些王国，
但不再心安理得，对着祖传的教规，
对着抓住自己偶像的这一批陌生的人民。
我真是乐于再死一次。

评析　《三智士朝圣行》发表于一九二七年，是艾略特中年的作品。也就在那一年，艾略特归化为英国人，且改奉英国国教。此后他的作品便渐渐趋向宗教，趋向心灵的宁静与形而上的思考。这首诗在体裁上属于“独白体”(monologue)；它所处理的，是东方三智士之一，事后追忆他们当日如何在隆冬的气候里，跋涉到耶路撒冷去朝拜圣婴，以及那种经验如何改变了他的信仰。

开头的五行，根据十七世纪初英国神学家安德鲁斯(Lancelot Andrewes)的一篇圣诞节讲道词，而略加更动，第二段的前半有几个意象，影射新的生机和未来的灾难。所谓“有三棵树在低低的天边”，是影射耶稣死时的三个十字架：耶稣即钉死在居中的十字架上。所谓“六个汉子在敞着的门口赌着银子”，可能是指当日兵卒们为决定耶稣的衣裳谁属而掷骰子，而犹大为了三十块银竟出卖了耶稣。最后一段，似乎是说，耶稣之生，导致三智士自身信仰之幻灭。因而末行说：“我真是乐于再死一次”，也就是说，愿意让自身对基督的信仰幻灭，以恢复往日异教的信仰。

《三智士朝圣行》是艾略特作品中最平易朴素的一首，节奏在自然的伸缩之中有一种庄严感。自由诗能写到这么顺畅而不松懈，真是罕见。

电话亭

——余光中

不古典也不田园的一间小亭子
时常，关我在那里面
一阵凄厉的高音
电子琴那样蹂躏那样蹂躏我神经
茫然握着听筒，断了
一截断了的脐带握着
要拨哪个号码呢？
拨通了又该找谁？
不过想把自己拨出去
拨出这匣子这城市
拨出这些抽屉这些公寓拨出去
拨通风的声音
拨通水的声音
拨通鸟的声音
和整座原始林均匀的鼾息

一九七二年一月三十一日

帕克夫人

Dorothy Parker

女孩子要是戴眼镜，
男人就少来献殷勤。

足够的绳索

帕克夫人（Dorothy Parker）本姓罗斯希尔德（Rothschild），生于一八九三年，是美国的诗人与短篇小说家。她的诗，犀利，明快，富于感伤与自嘲的味道，在半世纪前的美国诗坛曾风行一时，从者甚众。那些短短的抒情小品，大半发表于《纽约客》；后来收集在三个集子里：《足够的绳索》《黄昏炮》《死与税》。《挽歌》便是《足够的绳索》的第一首。她的短篇小说《男女之间》见“近代文学译丛”之五，卞铭灏先生译的《爱之谜》。

西班牙内战期间，帕克夫人曾前往任通讯记者。死于一九六七年。

挽歌

丁香花开得照样地芬芳，
尽管我如今已心碎。
如果我将它抛掷到街上，
谁会说这关系着谁？
如果有一人骑马而驰去，
我何必黯然伤神？
有泪水滋味的嘴唇，人说，
最宜于用来接吻。

守望着晨星的两只眼睛
似乎比平时有光彩；
伸向黑暗的两条手臂
通常会比较洁白。
难道我应该拒绝那过客，
系我的前额以垂柳，
当人人都说空虚的胸脯
是更加柔软的枕头？

一颗心铿铿然坠下地来，
别以为它从此就休止。
镇上每一位合适的男孩
都可以将碎片收拾。
如果有人吹口哨而走过，
难道我因此会伤心？
让他去猜想我是否说谎，
让他去半疑半信。

简历

剃刀太痛苦；
河流又潮湿；
硝酸太玷污；
毒药会抽搐。
用枪怕犯法；
上吊会松掉；
瓦斯太可怕；
你还是活下去好。

不幸巧合

你海誓说你对他倾心
　又发抖，又哀怨
而他山盟说他的热情
　广阔，无边又无限
小姐，把盟誓记住
　必定有一边是谎言

双行

女孩子要是戴眼镜，
男人就少来献殷勤。

守夜人

——余光中

五千年的这一头还亮着一盏灯
四十岁后还挺着一支笔
已经，这是最后的武器
即使围我三重
困我在墨黑无光的核心
缴械，那绝不可能
历史冷落的公墓里
任一座石门都捶不答应
空得恫人，空空，恫恫，的回声
从这一头到时间的那一头
一盏灯，推得开几尺的混沌?
壮年以后，挥笔的姿态
是拔剑的勇士或是拄杖的伤兵?
是我扶它走或是它扶我前进?
我输它血或是它输我血轮?
都不能回答，只知道
寒气凛凛在吹我颈毛
最后的守夜人守最后一盏灯
只为撑一幢倾斜的巨影
做梦，我没有空
更没有酣睡的权利

爱德华·艾斯特林·卡明斯

---

e. e. cummings

对永恒和对时间都一样，
爱情无开始如爱情无终。

拒绝同化的灵魂

一九六六年的春季，我在西密歇根大学开了一班“英诗选读”。某次，讲到卡明斯的作品，我问班上一位学生，卡明斯是何等人物。

“三十几岁的青年诗人吧，我想。”

卡明斯的诗，那种至精至纯的抒情性，的确给人一种年纪轻轻的感觉。本质上，卡明斯是二十世纪的一大浪漫诗人。年轻人的激情，以及对于纯粹价值的信仰，正是浪漫特质的表现。浪漫文学在本质上可以说就是年轻人的文学。可是二十世纪前半期的文学思想，无论在白璧德或是艾略特的影响之下，都是反浪漫的。从艾略特到奥登一脉相传的现代诗，背负着深厚的文化，怀抱着玄学派的知性，简直是中年人的文学。卡明斯是现代诗坛的彼得·潘，一个顽皮得近乎恶作剧的问题少年。一直到六十七岁去世为止，他似乎一直都不曾长大。艾略特则是现代诗坛的普鲁弗洛克，似乎从来不曾年轻。卡明斯诗中的情感非常明朗，艾略特的则非常暧昧。卡明斯诗中的情人是年轻的，那爱情，是浪漫的，那情人，总是狂热地肯定着爱，精神上的以及肉体上的爱。艾略特笔下的情人总是未老先衰，或是虚应故事，谈到爱情，总是顾左右而言他，令人怀疑他性无能。总之，在艾略特的世界里，爱情只是一个弱点，一种困扰，并无光荣可言；但是对于卡明斯，它是一种神恩，灵魂赖以得救，肉体赖以新生。美国的青年那样迷卡明斯，甚至到他纽约寓所的窗下去弹琴唱歌，不是没有原因的。

卡明斯和艾略特的相异之点，当然不止这些。在思想上，艾略特俨然以西方的基督教文化为己任，他向往的是一个以人文价值与古典传统为基础的，井然有序的同一性质的社会；卡明斯则是一位独来独往的个人主义者，他反对权威和制度，反对一切有损个人尊严及自由的集体组织。爱和自由，是卡明斯的两大信仰。艾略特论诗，首重“无我”（impersonality）或“泯灭个性”，那意思是说，一位诗人应该舍己就诗，而不是屈诗从己，也就是说，一首诗中的感情是一种非个人的存在，而不是诗人生平的记录，这种观点，和卡明斯那种崇尚自由发扬个性的风格，是截然不同的。

卡明斯的作品，大致上可以分成抒情诗和讽刺诗两大类。前者包括一些精美绝伦的情诗和自然诗（poems of nature）。爱情和春天，是卡明斯不断歌颂，不断加以肯定的东西。他肯定爱，因为爱使人自由，且赋生命以意义。他肯定春天，因为春天是活力的起点，也就是自然界的爱。照说在诗的传统之中，这些原是被写得最俗最滥的主题，可是在卡明斯的笔下，爱也好，春天也好，都变得那样美好，那样新，给人“第一印象”的感觉，那爱，恒若初恋，那春天，恒若稚童的第一次经验。最奇怪的是：那样强烈的感情或感觉，所用的表现方式，竟是那样纯净，纯净得近乎抽象之美。反对卡明斯的人，常说他爱玩弄印刷术上的文字游戏。事实上，卡明斯的情诗可以说是现代英美诗中最纯净的艺术品。像《爱情更厚于遗忘》一类的诗，用最简单的字句，表现最原始的情绪，要说清澈那真是一清见底，了无杂质。一个诗人习用的字汇（vocabulary），是组成作品表面的质感（textural sense）之一大因素。例如庞德字面的庞杂，玛丽安·摩尔的精细，兰塞姆的古拙，弗罗斯特的俚俗，奥登的知识分子腔，金斯堡的泼辣等，都和他们习用的字汇，有密切的关系。大致上，卡明斯虽爱自铸新字，或赋旧字以新义，他的字汇却是极小的，恐怕只有奥登字汇的一半甚至三分之一。这正是卡明斯的一个特点，一个似相反实相成的对比性（paradox）：一方面，他是现代诗中最富于试验性的作者之一，另一方面，他那些清纯尖新的抒情诗又饶有伊丽莎白朝小品的韵味。他的抒情诗，具有秀雅（grace）和激情（passion）：前者无愧于本·琼森，后者何让济慈。

至于颂赞春天和自然一类的诗，则往往为读者揭开一个充满神奇近乎童话的世界，其中的一切都那样生机盎然，洋溢着希望和谐趣。例如在《春天像一只也许的手》里，春天装饰原野，我们稍一分神，这里飘起一缕清芬，那里便冒出一朵鲜丽，就像冥冥中有一只手在布置自然的橱窗一样。那只手，原来就在似有若无之间，所以叫作“也许的手”。又如在《天真的歌》一诗中，春天刚到，就来了一个卖气球的小老头子，口哨声诱来了打弹子的男孩、跳绳子的女孩。同样地，一个不留神，那小老头子的跛足忽然就变成了山羊脚，原来他是希腊的牧神，象征田园生活的半人半羊的牧神，所伪装的。这真给读者一惊又一喜，令人联想到克利、米罗和毕加索的绘画，尽管批评家再三指出，现代诗人的世界应该以大城市的生活为中心，卡明斯，像弗罗斯特、迪伦·托马斯、杰弗斯等作家一样，仍然坚持大自然的富丽和它对人性的启示。他厌恶工业社会的功利主义，更憎恨科学的畸形发展。对于他，人与自然之间的和谐，是一种至高的快乐。在《我感谢你神啊为了最最这可异的日子》里，他说：

> 我曾经死去，今天又复活，
> 这是太阳的诞辰；这也是
> 生命和爱和翅膀的诞生

卡明斯另一类的作品，讽刺诗，因为涉及西方社会背景和文化传统，所以比较难为中国的读者所接受。在讽刺诗的艺术上，卡明斯是一位大家。他的武器，包括微妙的机智和沉猛的反喻（irony）与诟骂（invective）。卡明斯的敌人和假想敌是很多的；

大致上来说，凡是虚伪的、麻木的、褊狭的、沾沾自喜的，以及扼杀个人自由的一切，都是他轻嗤或厉斥的对象。他最痛恨沙文主义的信徒，故步自封的学究腐儒，附庸风雅的文化游客，最痛恨侵略家、独裁者、假道学和广告商。卡明斯对于某些国家的侵略暴行，曾经再三冷嘲。在一首利如短镞而貌若童歌的小诗中，他说：

哦，但愿能在芬兰
现在俄国在此地）
轻轻地摇
安逸地横

冲直

闯

其实这是西洋诗中的“戏和体”（parody）。卡明斯的原文是：

o to be in finland
now that russia's here)
swing low
sweet ca

rr

y on

后四行的正常写法是Swing low，sweet carry on。原来这四行戏拟的本文，是美国南部黑人间流行的一首安魂曲，开头的一句就是："轻轻地摇，安逸的马车"（Swing low，sweet chariot）。至于前二行，则显然脱胎于英国十九世纪大诗人勃朗宁的名句："哦，但愿能在英国，现在国内是四月"！（Oh，to be in England/Now that April ' s there）勃朗宁的《海外念故国》一诗，原是一首柔美撩人的怀乡小品。百年来，英美读者讽诵已久，所以一读到卡明斯的"哦，但愿能在芬兰"，自然而然会期待下一句的"现在国内是四月"。突如其来，"俄国"竟取代"四月"而出现；这一惊，立刻激起读者的不快，那感觉，正如享受香软的甜点时，忽然嚼到一粒砂石一样。美好的传统，沦为丑恶的现实，正是卡明斯讽刺诗中"震骇效果"（shock effect）的秘诀。

当然，卡明斯的锋芒也不放过美国人自己的罪恶和愚蠢。在《我歌赞奥拉夫》一诗中，他厉斥西点出身的上校和一群士官如何以众凌寡，迫害无辜的奥拉夫。在《剑桥的太太们》一首里，他讥讽道："剑桥的太太们住在附设家具的灵魂里，不美丽，且有安逸的头脑。"在《大事记》一诗中，卡明斯挖苦那些背着照相机装着旅行指南的美国游客，嚣张，浮躁，对一切都想攀附，但任何事都浅尝辄止；到了威尼斯，他们在岸上大呼gondola（平底舟），舟子则在船上应他们signore（先生），结果辛辛那提城变成 Cincingondolanati，真是令人发噱。卡明斯的一首短诗，只有两行，则泛指无行的政客：

一个政客只是一张屁股，
谁都坐过，除了大丈夫。

在英文里，“坐在屁股上”就是“坐着”的意思。卡明斯的原意是你看他坐在那儿，其状俨然，其实他朝秦暮楚，身份千变万殊，什么都是，就是不成一个汉子。此外，说政客只是一张屁股，也寓有徒见其坐而言，不见其起而行的贬义。“屁股”一字当然不雅，可是原文 arse 本来就是一个俗字眼，想作者是有意如此。不要看卡明斯写抒情诗时像一个天使，写起剧烈的讽刺诗来的时候，他常会在要害的地方爆出一句俚语，一个脏字，或是一派江湖上的腔调。这些粗字眼，衬在文雅得近乎感伤的上下文之间，显得特别有力。也许有人奇怪，怎么同样的一支笔，能唱得那样温柔，又能够骂得那样猛烈。事实上，颂扬美好的，攻击丑恶的，原是一件事情。同样的组合，也见之于拜伦之身。

给读者印象最深的，是卡明斯独一无二的形式。在这方面，在文字的运用和句法的安排上，卡明斯是最富于试探性也最善变的现代诗人。他的用字，通常有三种方式。第一是组合新字，例如manunkind一字，原来是mankind(人类)，加上否定字首un之后，就有了双关的意义，既可解为“人不类”，又可解为“人不仁”。

第二是拆开旧字，特别是在换行的地方，例如，为了要和mute押韵，他曾将beautiful拆成beaut和iful而分置两行。第三是变换字的词性，例如在he sharpens say to sing（他把说磨利成唱）一句中，他便把两个动词当作名词使用，而效果奇佳。如果将上句还原成正常的文法，改为he sharpens speech to song，就远不如say和sing那么高亢而流畅了。又如在whatever is less alive than never begins to yes（一切比绝不更无生气的东西都开始说是）一句中，卡明斯便把副词never变成名词，又把原来是虚字的yes用作了动词。

至于卡明斯句法的安排，通常有两个特点。第一是控制节奏的速度，可以快，也可以慢。要快的时候，他往往缀联数字，一气呵成，例如在《野牛比尔》一诗中，描摹神枪手出手之快，便有这样的句子：

打一二三四五只鸽子就像那样子

慢的时候，他就把字句拆得散散的，拼命换行，例如《日落》的后半段：

　　　　而一阵高
风
正牵动

那

海

以

梦

寐

第二是句法的倒装、穿插和交错地进行。为了加强效果，卡明斯往往打破传统叙述的次序，将字句或整个倒装，或部分穿插，或一明一暗地交错安排。例如在《或人住在一个很那个的镇上》一诗的首段，便有这样两行：

anyone lived in a pretty how town
(with up so floating many bells down)

第二行，如果理顺了，应该是 with so many bells floating up and down，但是卡明斯的排列显然更缤纷有趣，能表现许多种上下摇动此起彼落的情调。又如同《小情人，因为我的血会唱歌》一诗的第二段，有这样的句子：

——but if a look should april me,
some thousand million hundred more

bright worlds than merely by doubting have
darkly themselves unmade makes love.

后三行依散文的次序，原是 Love makes some hundred thousand million more bright worlds than themselves have darkly unmade merely by doubting. 至于所谓交错的进行，则往往利用括弧来区分主客之势，括弧内是客，括弧外是主，是叙述的主要脉络。但是由于括弧的巧妙运用，主客之势往往可以互易，因此叙述的线索，出阴入阳，隐者显之，显者隐之，交叠成趣。这种技巧，令我们想起了毕加索的阴阳人面。读者如能仔细玩味《春天像一只也许的手》，当可体会卡明斯的用意。此外，如《我歌赞奥拉夫》《小情人，因为我的血会唱歌》《或人住在一个很那个的镇上》等作品，也提供相同的手法。

一八九四年十月十四日，卡明斯生于美国马萨诸塞州的剑桥镇。他的父亲原是哈佛大学英文系的讲师，后来变成有名的牧师。一九一六年，他获得哈佛大学文学硕士学位。当时第一次大战方酣，美国尚未介入，卡明斯自动投效诺顿·哈吉士野战救护队，去法国服役。由于法军新闻检察官的误会，卡明斯竟在法国一个拘留站中监禁了三个月。据说当时审讯的法国军官问他："你恨德国佬吗？"卡明斯只要回答说"是的"，就可以释放了。可是他竟说："不，只是我很爱法国人罢了。"这次不愉快的经验，后来记录在他有名的小说《巨室》（*The Enormous Room*）之中，成为与《西线无战事》《告别武器》[1]等书齐名的一次大战重要文献。

从拘留站出来后，卡明斯立刻加入美国的陆军，正式作战。战后，他去巴黎习画，成为一位职业画家，往返于巴黎纽约之间。同时，他那独创的新诗也渐渐扬名于国际。一九五四年，六十岁的卡明斯接受母校哈佛大学的聘请，回去主持极具权威的“诺顿讲座”，发表了六篇“非演说”。一九六二年，这位“六十八岁的青年诗人”终于告别了这世界。

但是卡明斯并没有真正死去，在他那些永远年轻，年轻得要从纸上跳起来的诗里，没有人比卡明斯更恨死了。对于卡明斯，哀莫大于心死，那些没有心肠没有头脑的人，只是维持“不死”(undead)罢了，并没活着。他说：“在一切讲究标准化的时代，要表示个人一己的态度，几乎已无可能。如果有一亿八千万人（指美国人口）要保持‘不死’，那是他们的丧事，可是我正好喜欢‘活着’。”曾经有人误会卡明斯仇视黑人。他答辩说：“一个人，只因为他是黑人而喜欢他，对他是一种侮辱，正如只因为他不是白人而讨厌他一样。任何一个人都是独特的——否则他就像人人一样，不是个人了。”甚至有人误会他是共产党人，这对

1　海明威的《永别了，武器》。

于独来独往的卡明斯，真是一个重大的误会。卡明斯不是共产党人，正如他不是任何党人一样；卡明斯是一个世界公民，一个自尊的个人，他是梭罗一流的人物。一九三三年，卡明斯访问苏俄，在那个国度的所见所闻，令他很不满意。事后他出版了一本游记《艾米》，详为记述。但是谁要是因此认为卡明斯是一位美国至上的狭义的爱国主义者，那就大错了。卡明斯对于他本国文化的病态，也是勇于批评的。他在纽约格林尼治村一个巷子里的一座古屋的底层，住家凡三十年，但是家中没有收音机和电视机。他认为，这两样东西是摧毁现代生活的象征，并且解释说，他所以不要这两样东西，"与其说是因为大家一天到晚开着收音机和电视机，还不如说是因为大家既不听也不看。"

卡明斯对于现代诗的贡献是不可磨灭的。无疑地，他是少数可以传后的现代诗人之一。尽管有无数作者摹仿他独特的诗风，现代诗坛上并无第二个卡明斯。例如菲律宾诗人维利亚（José Garcia Vilia）就有意效颦，但总不如他。夏皮罗说卡明斯"对文字的驾驭，胜过乔伊斯以降的任何诗人……每个人都喜欢读他的诗"。他的哈佛同班同学，小说家多斯·帕索斯（John Dos Passos）说："在我想来，卡明斯在他个人感情的范围，也就是抒情的范围之中，真是我们这时代的创造者之一。他用匪夷所思的翻新字句，和花边细工一般精致的毫厘必争的准确叙述，将自己的创造记录了下来；那样准确的叙述，真是对我们不断的挑战。"关于卡明斯作品的缺点，例如他的感伤和装腔和他在诗中所使用的过分个人化的象征，批评家布莱克默（R. P. Blackmur）在《把语言当作手势》（*Language as Gesture*）一书中，有极详尽的分析。

诺曼在一九五八年出版的《魔术的创造者：卡明斯》（*The Magic Maker: E. E. Cummings, by Charles Norman*），是公认的一本好评传。

天真的歌

在恰恰——
春天　　当世界正泥泞——
芬芳，那小小的
跛足的卖气球的

吹口哨　　远　　而渺

艾迪和比尔跑来
扔下打弹子和
海盗戏，这是
春天
当世界正富于奇幻的水塘

那古怪的
卖气球的老人吹口哨
远　　而　　渺
蓓蒂和伊莎白舞蹈而来

扔下跳房子和跳绳子的游戏

这是
春天
那个
　　山羊脚的
卖气球的　　吹口哨
远
而
渺

野牛比尔

野牛比尔是
死翘翘啦
　　　　以前他总是
　　　　骑一头水平银色的
　　　　　　　　　　　　　　　　大雄马
打　一二三四五　只鸽子就像那样
　　　　　　　　　　　　　　　　　　好小子
他可真帅
　　　　我只想问一句
可喜欢你这蓝眼睛的男孩
阎王爷

评析

野牛比尔(Buffalo Bill)是美国西部有名的向导和枪手，本名是科迪(William Frederick Cody，1846—1917)；墓在丹佛郊外山顶，可以俯瞰远近平原，并附设野牛比尔博物馆。一九六六年七月，译者曾游其地。一九六九年我去丹佛教书，更常去该处。

春天像一只也许的手

春天像一只也许的手
（小心翼翼地来
自无处）布置着
一面橱窗，好多人向窗里望（当
好多人瞪眼望
布置，而且调换，安排
小心翼翼地，那儿一件奇怪的
东西，一件不奇怪的东西，这里）而且
换每一件东西，小心翼翼地

春天像一只也许的
手，在一面橱窗里
（小心翼翼地，移来
移去，移新的和
旧的东西，当
好多人瞪眼，小心翼翼地望
移一片也许的
花来这儿，挪
一寸空气去那儿）而且

什么也没有撞坏

我喜欢自己的肉体

我喜欢自己的肉体，当它跟你的
在一起。它变成好新的一样东西。
肌腱更美好，神经更丰盛。
我喜欢你的肉体。　喜欢它做的事情。
喜欢它的如此如彼。　喜欢抚玩你
的背脊和你的骨架，和颤动的
充实而滑腻的那种感觉，我要
再一遍而且再一遍而且再一遍
亲吻，我喜欢将你的这样那样都亲吻，
我喜欢，缓缓地揉弄，你传电的茸茸
那种麻手的卷须，以及无以名之的
布满你舒开的肌肤的那种东西
……两眼睁大了爱情的残食，

也许我就是喜欢那种激奋，
激奋于我的下面你那样新

评析

这首诗收在一九二五年出版的诗集《以及》之中。原是一首不拘脚韵的松散的十四行；译文不得已增加一行，变成了十五行。说也奇怪，这首十四行在语法上竟然类似勃朗宁夫人《葡萄牙人十四行集》的第四十三首。末行原文无句点，译文从之。

我从未旅行过的地方

我从未旅行过的地方，欣然在
任何经验之外，你的眼神多静寂：
你至柔的手势中，有力量将我关闭，
有东西我摸不到，因为它太靠近

你至轻的一瞥，很容易将我开放，
虽然我关闭自己，如紧握手指，
你恒一瓣瓣解开我，如春天解开
（以巧妙神秘的触觉）她第一朵蔷薇

若是你要关闭我，则我和
我的生命将阖拢，很美地，很骤然地，
正如这朵花的心脏在幻想
雪片啊小心翼翼地四面下降；

世界上没有一样感觉能够相当
你强烈的柔软的力量：你的柔软
有一种质地驱使我，以它的本色，
形成死亡和永恒，以每一声嘘息

（我不懂你身上究竟有什么能关闭
而且开放；我心中有样东西却了解
你双眼的声音比一切蔷薇更深沉）
没有谁，即使是雨，有这样小的手

或人住在一个很那个的镇上

"或人"住在一个很那个的镇上
(有这么升起许多的钟啊下降)
春天啊夏天啊秋天啊冬天
他唱他的不曾,他舞他的曾经

女子和男子(也有的少,也有的小)
一点儿也不为"或人"烦恼
他们播种他们的不是,收成他们本身
太阳啊月亮啊星子啊雨水

孩子们猜到(只有几个小孩
而且忘了下去当他们长了上来
秋天啊冬天啊春天啊夏天)
"没有人"爱"或人"愈爱愈深

当时由现在,树由树叶
她笑他的欢愉,她笑他的悲戚
鸟由雪,动摇由静止
"或人"的任何是她的一切

"有人"和他们的"每一人"做夫妇
笑他们的哭,跳他们的跳舞
(睡去啊醒来啊希望啊然后)他们
说他们的永不,睡他们的梦

星子啊雨水啊太阳啊月亮

（只有雪能够开始说清楚
怎么孩子们老是忘记要记住
有这么升起许多的钟啊下降）

有一天“或人”死了，我想
（“没有人”弯腰去吻他的脸庞）
好事的人葬他们，头靠着头
渐渐靠渐渐，曾经靠曾经

一切靠一切，深邃靠深邃
愈来靠愈来，他们梦他们的酣睡
“没有人”靠“或人”，泥土靠四月
愿望靠幽灵，如果靠肯定

女子和男子（又当又叮）
夏天啊秋天啊冬天啊春天
收成他们的播种，去他们的来
太阳啊月亮啊星星啊雨水

评析　这首诗充满了文字的魔术，译成中文，很不讨好。“或人”（anyone）是一个典型的小可怜人物，“没有人”（noone）根本是乌有先生。但将两个英文字并在一起，以虚为实，倍增情趣。

柏拉图告诉他

柏拉图告诉
他；他不能
相信（耶稣
告诉他；他
不肯相信
而（老
子
一定也告诉
过他，而雪门[1]
（是呀
夫人）
将军；
甚至
（信不
信
由你）你
告诉过他；我告诉过
他；我们都告诉过他
（他完全不相信，不相信）
先生）[2]还得靠
日本经手的一片

1　指谢尔曼。

2　为保持原作的完整性，此诗中的括号的排列形式不做修改。

老第六
街的
电梯
打进他的头顶心；才
打醒了他

对永恒和对时间都一样

对永恒和对时间都一样
爱情无开始如爱情无终
在不能呼吸步行游泳的地方
爱情是海洋是陆地是风

（情人可痛苦？一切神灵
骄傲地下降时，都穿上必死的肉体
情人可快乐？即使最小的欢欣
也是一宇宙，诞生自希冀）

爱情是一切沉默下的声音
是希望，找不到相对的恐惧
是力量，强得使力量可悯
是真理，比星还最后，比太阳还第一

——情人可有情？好吧，挟地狱去天堂
管他圣人和愚人说什么，一切都理想

哪，最近的，甚至比你的命运

和我的（或任何不可感的真理）
更近，闪着这夏夜的奇迹

她那亿兆颗秘密可抚摸地生动

——这一切神奇，我和你
（因仅仅可信的事物而盲目）
只能够想象我们永不能知悉的
这一切神奇，不可思议地都是我们可
触觉的——

怎么有的世界（我们奇怪）要怀疑，
就在一颗非常下坠的星
（哪：看见没有？）隐去的
美好而可怖的那特别的一瞥，

怀疑至大的混沌的创造可能
不比一个单独的吻更数不清

评析

卡明斯死于一九六二年九月三日。这首诗是前两个月寄给芝加哥《诗》月刊的，也许就是他最后的作品之一。

出版说明

半世纪之前，余光中先生完成了这部经典的翻译诗集，半世纪之后，他又重新对这部作品进行修订和完善。好诗人应该一辈子天真，让所有比喻成为可能。

对于诗人而言，他们需要的是创造力。而译者却必须去适应原作者的创意与表达方式，用自己的语言为他人做嫁衣，力求还原作品的原始味道。余光中先生既是一位伟大的诗人，同时也是一位伟大的译者：叶芝的柔情，狄金森的孤冷，艾略特的深奥……在他的笔锋下，诗句的本质被表现得淋漓尽致、尽善尽美。

由于原版中部分诗人作品的版权归属不明，本书暂时只保留了其中11位诗人的作品，并在全力联络和清理版权之中。同时，基于对余光中先生及余幼珊女士的尊重，保证作品的完整性，本书保留了他们所作序言的原稿，使读者得以窥见其最纯粹的品评风貌。

编者

图书在版编目（CIP）数据

天真的歌 / 余光中编译. -- 南京: 江苏凤凰文艺出版社, 2019.1（2019.3重印）
ISBN 978-7-5594-2536-2

Ⅰ. ①天… Ⅱ. ①余… Ⅲ. ①诗集 - 世界 - 现代 Ⅳ. ①I12

中国版本图书馆CIP数据核字（2018）第161164号

书　　名	天真的歌
作　　者	余光中 编译
责任编辑	邹晓燕　黄孝阳
出版发行	江苏凤凰文艺出版社
出版社地址	南京市中央路 165 号，邮编：210009
出版社网址	http://www.jswenyi.com
发　　行	北京时代华语国际传媒股份有限公司　010-83670231
印　　刷	北京中科印刷有限公司
开　　本	880 × 1230 毫米　1/32
印　　张	10
字　　数	220 千字
版　　次	2019 年 1 月第 1 版　2019 年 3 月第 2 次印刷
标准书号	ISBN 978-7-5594-2536-2
定　　价	59.80 元